Jules Romeo

Patchwork Vol. I

Bibliografische Information der Deutschen Nationalbibliothek: Die
Deutsche Nationalbibliothek verzeichnet diese Publikation in der
Deutschen Nationalbibliografie; detaillierte bibliografische Daten
sind im Internet über http://dnb.dnb.de abrufbar.
Die automatisierte Analyse des Werkes, um daraus Informationen
insbesondere über Muster, Trends und Korrelationen gemäß §44b
UrhG („Text und Data Mining") zu gewinnen, ist untersagt.
© 2025 Jules Romeo
Coverdesign: Jules Romeo
Verlag: BoD · Books on Demand GmbH, Überseering 33, 22297
Hamburg, bod@bod.de
Druck: Libri Plureos GmbH, Friedensallee 273, 22763 Hamburg
ISBN: 978-3-8192-1004-4

Inhaltsverzeichnis

Vorwort

Wer als schreibende Person über mehrere Jahre tätig ist, häuft nach einer Weile einige Geschichten, Entwürfe und Ideen an. Ich habe eine Auswahl dieser Stücke aus meiner virtuellen Schreibtischschublade hervorgeholt, abgestaubt und für diesen Band neu aufgelegt.

Auf den folgenden Seiten findet ihr einige meiner früheren Werke, aber auch erst kürzlich verfasste Texte. Der Mix ist bunt, manchmal traurig, aber auch verspielt und teilweise amüsant. Viele der Geschichten tragen einen autobiographischen Kern in sich. Manche verstören mich bis heute oder spenden mir ein wenig Trost. Vielleicht nehmt ihr etwas daraus mit, was ihr genau in diesem Moment braucht.

Lest manche der Geschichten besser in einem Moment, in dem es euch gut geht oder ihr eine Person habt, mit der ihr über die Inhalte reden könnt. Falls ihr euch einmal in einer Krise befindet oder bei nahestehenden Personen eine solche bemerkt, dann wählt gerne die Nummer der Telefonseelsorge 08001110111.

Passt auf euch auf und alles Gute!

Jules

Die Tür

Du bist gegangen und hast die Tür nicht geschlossen. Vom Bett aus kann ich sehen, dass sie einen Spalt breit offen steht, als würdest du wiederkommen, aber du bist vor einer Stunde gegangen. Ich habe das Ticken der Uhr gezählt.

Es waren genau sechzig Minuten. Vor einer Stunde hast du dich angezogen und bist durch die Tür. Ein Auge ist in den feuchten Stoff des Kissens gepresst. Das andere sieht auf die Stelle, an der ich dich zum letzten Mal sah.

Warum hast du sie nicht geschlossen? Ich will nicht aufstehen müssen; nicht dieses Mal. Die Kraft fehlt mir, dir hinterherzugehen. An einem anderen, einem früheren Tag wäre es ein „Vielleicht" gewesen. Heute ist es das nicht. Ich sollte die Tür zuschlagen.

Der Schlüssel schimmert im Sonnenlicht. Stöhnend drehe ich mich auf den Rücken. Die Zimmerdecke erdrückt mich. Langsam stemme ich mich auf meine Ellenbogen. Das Ticken der Uhr wird zu einer ruhigen Konstante in meinem Ohr. Meine Augen wandern träge zum Fenster. Es ist zu hell. Aber vielleicht sollte ich es öffnen. Nur einen Spalt breit.

Ich kann einen Luftzug in mein Zimmer lassen. Vielleicht schließt er die Tür. Zögernd strecke ich meine Hand nach dem Griff aus. Meine Fingerspitzen berühren ihn sacht und rutschen ab. War da ein elektrischer Schlag? Ich muss es noch einmal versuchen.

Konzentriert recke ich mich ein Stück weiter nach vorne. Meine Hand findet ihren Halt an dem Griff. Ich öffne es und lass mich zurück auf mein Bett fallen. Es ist windstill.

Die Tür steht immer noch einen Spalt breit offen.

Antiautoritäre Achtsamkeit

Als ich mir die Haare abrasierte, dachten sie, ich stecke tief in einer Krise.

Es war jedoch reiner Pragmatismus. Aber simple Tatsachen waren nicht sexy. Fünf Jahre in einer Werbeagentur hatten mich das gelehrt. Aufregung war alles, egal ob positiven oder negativen Ursprungs. Stagnation und Monotonie galten als Tod. Nur fühlte ich leider genau das.

Mein Sterbeprozess begann, als ich diesen Job hier annahm. Am Anfang war es noch spannend, für eine Leipziger Agentur zu arbeiten, die sich vor allem auf regionale Unternehmen spezialisierte. Nach dem dritten Plakat für einen städtischen Bratwurststand, das ich in Folge gestaltete, dämmerte mir langsam, dass mein Abschluss an der Kunsthochschule letztlich nur eine nette Dekoration im Lebenslauf ist. Die Urkunde hängt in meinem Badezimmer.

Gedankenverloren tippte ich schwarze Punkte auf die leere Seite meines Tablets. Es regnete schon den ganzen Vormittag. Keine gute Voraussetzung, um das Werbeplakat für die Sommeredition einer lokalen Limonadenmarke zu entwerfen.

„Be sweet and beat the heat!" Dieser Spruch verursachte auf vielen Ebenen Schmerzen in mir. Mein Chef war hellauf begeistert. Er und der Chef der Getränkefirma spielten im gleichen Verein Tischtennis. Alles daran war furchtbar. Aber ich hatte keine Wahl, sondern eine Deadline. Und als ich mich gerade wieder auf mein leeres Blatt fokussieren wollte, trat mein Chef an meinen Tisch.

Sein Lächeln wirkte ungewohnt unsicher. Manikürte Finger spielten am Ehering herum. Interessant, dass er ihn immer noch trug. Das war wohl die Macht der Gewohnheit. Oder eine Lüge, die er sich gerne erzählte. Angeblich soll er schon seit zwei Monaten nicht mehr bei seiner Familie, sondern in der WG seiner vierundzwanzigjährigen Freundin wohnen. Für einen Mann um die fünfzig sicherlich eine tolle Geschichte, die er auf den ganzen Studierendenfeiern erzählen konnte, auf die er nun zwangsläufig gehen musste.

„Kann ich dir helfen?" Er zuckte zusammen, als ich ihn ansprach. Vermutlich wollte er mir die gleiche Frage stellen. Ich war schneller und er irritiert. Er hob dazu an, seine Hand durch seine gestylten, grauen Haare fahren zu lassen. Sie blieb aber an der Brille mit dem dicken, schwarzen Rahmen hängen. Er rückte das Gestell auf seiner Nase zurecht und steckte seine Hände schließlich in die Taschen seiner dunkelblauen Chino. Zu ihr trug er schwarze Loafer ohne Socken. Furchtbar.

„Ich sehe, dass du fleißig bei der Arbeit bist." Wir spähten beide auf das hell leuchtende Display meines Tablets. Ein Haufen schwarzer Punkte schaute zurück.

„Deshalb möchte ich dich nicht lange aufhalten. Aber ich habe deinen letzten Entwurf zu der Ingwerlimo gesehen und fand ihn etwas … progressiv." Ich musste kurz nachdenken. Als es mir wieder einfiel, konnte ich mein Grinsen kaum verbergen.

„Die Schärfe überzeugt sogar deine Frau." Dazu hatte ich einen Mann gemalt, der sich bei der Intimrasur offenbar verletzt hatte, während seine erleichterte Frau im Hintergrund stand.

„Aber wir haben auch viel von dir gefordert in den letzten Monaten. Der Stress ist nicht gut." Ich lehnte mich in meinem Stuhl zurück. Etwas knackte bedrohlich.

„Deshalb habe ich mir ein paar Gedanken gemacht." Meine Augenbrauen schnellten nach oben. Mein Chef lachte hohl.

„Keine Sorge, wir werden dich nicht entlassen. Du leistest gute Arbeit." Ich verschränkte die Arme vor der Brust, aber meine Züge entspannten sich wieder.

„Vielleicht könntest du eine kleine Auszeit gebrauchen. Dich erden. Vanessa und …" Ich winkte ab. Es war mir nicht geheuer, etwas über ihn und seine neue Freundin zu erfahren. Es fühlte sich unanständig an, da ich seine Ex-Frau kannte, die ganz nett wirkte.

„Wenn du mich in ein Spa für Paare schicken willst, vergiss es." Sein verständnisvolles Lächeln versetzte mir einen Stich. Mein Singleleben hatte schon einen Platinstatus. Aber ich war lieber allein, als meinem Ego durch flüchtige Begegnungen zu schmeicheln.

„Nein, keine Sorge." Er presste seine Lippen aufeinander und sah kurz aus dem Fenster, ehe er weitersprach. Draußen schneite es. Ausgerechnet zwei Tage vor dem Valentinstag sollten alle Paare ihre verdammte Winterwunderlandkulisse bekommen. Dann können sie

Kakao trinken und Eislaufen, wie in diesen billigen Liebesfilmen, die ich mir heimlich ansah.

„Aber speziell zum Valentinstag gibt es ein besonderes Angebot im Yogastudio eines Freundes." Ich runzelte die Stirn, während er einen Flyer aus seiner Gesäßtasche zog. Mit einem verstohlenen Lächeln reichte er mir den gefalteten Zettel. Zögernd nahm ich ihn entgegen. Ich traute mich gar nicht, ihn auseinanderzufalten. Sicherlich wäre das Papier gleich im Müll gelandet, hätte mein Chef nicht so erwartungsvoll auf meine Reaktion gewartet.

„Ein Achtsamkeitsseminar für Alleinstehende?" Ich las die Überschrift laut vor. Was war das für eine grottenschlechte Idee? Gehörte ich überhaupt zu der gewünschten Zielgruppe? Was für eine Scheiße.

„Ich kenne den Yogalehrer persönlich, der dieses Seminar leitet. Ein wirklich guter Kerl. Vanessa ist auch ganz begeistert von ihm." Ich verzog das Gesicht. Bestimmt hätte mich eine viel schlimmere Sanktion getroffen, wenn ich nicht in dieses Studio gegangen wäre. Eine Gehaltskürzung hätte mich jedoch weniger verstört.

Zwei Tage später, es war der 14. Februar, rollte ich meine Yogamatte, die ich mir von einer Freundin geliehen hatte, auf dem harten Linoleumboden des Yogastudios „Love and Peace" aus. Offensichtlich gab es viele einsame Seelen um die dreißig, die sich an einem Valentinstag nichts Schöneres vorstellen konnten, als zu einem Achtsamkeitsseminar für Alleinstehende zu gehen. Ich atmete tief durch.

Es roch unangenehm in diesem Raum. Diese typische Note aus Schweiß und Gummimatten lag in der Luft, die viele wohl aus dem Schulsport kannten. Einen weiteren tiefen Atemzug nahm ich lieber nicht. Bewusstes Atmen beruhigte mich sowieso nicht mehr, da sich der Raum langsam mit den anderen Teilnehmenden füllte. Jeder Gesichtsausdruck ähnelte dem anderen. Eine Mischung aus Unsicherheit und erwartungsvoller Freundlichkeit. Sie nickten mir und anderen zur Begrüßung zu, ehe sie sich einen Platz für ihre Yogamatte suchten. Ich war nicht allein mit meiner Unbeholfenheit. Tröstlich.

Vorsichtig versuchte ich es mir im Schneidersitz auf der Matte bequem zu machen. Schon nach wenigen Augenblicken schliefen mir die Fersen ein. Wie konnten andere so lange in dieser Position sitzen? Leise stöhnend wand ich meine Beine wieder auseinander und streckte sie lang vor mir aus. Auch das war nicht sonderlich angenehm. Seufzend kniete ich mich hin. Hoffentlich konnte ich so eine längere Zeit aushalten.

Mein Blick fiel auf die Uhr über der Tür. In wenigen Minuten ging es los. Meine Augen folgten dem Sekundenzeiger, der sich in einem ungewöhnlichen Tempo über das Ziffernblatt bewegte. Das rasante Verstreichen meiner eigenen Lebenszeit nahm ich auf jeden Fall bewusst wahr, womit ich mich achtsam auseinandersetzen konnte.

Bevor ich mich jedoch im Strudel meiner negativen Gedanken verlieren konnte, betrat der Yogalehrer den Raum. Er sah verschwitzt aus. Seine Augen wanderten gehetzt über die Anwesenden, bevor er kurz verschnaufte. Zumindest dachte ich, dass er der Yogalehrer war, den mein Chef so anpries. Seine Ausstrahlung wirkte auf mich weniger beruhigend. Doch seine abgegriffene Yogamatte, seine Leinenkleidung und die struppigen, dunkelblonden Haare setzten ihm schon einen klischeehaften Stempel auf.

Er legte seine Sachen schwungvoll in einer Ecke ab, bevor er sich vor uns aufbaute. Die Hände in die Hüften gestemmt musterte er jede einzelne Person erneut eindringlich.

„Schön, dass ihr heute den Weg hierher gefunden habt!" Mit einer großen Geste seiner Arme hieß er uns willkommen.

„Entschuldigt bitte, wenn mein vibe noch nicht balanced ist. Dieses kalte Wetter bringt meine Chakren immer durcheinander." Zustimmendes Raunen stimmte an. Ich sah mich irritiert um. Sollte ich wenigstens nicken?

„Aber wir kommen einfach alle erstmal im Raum an. Steht bitte auf." Wir folgten seiner Anweisung.

„Bevor wir uns zu Paaren zusammenfinden, um unseren energy flow aufeinander wirken zu lassen, atmen wir einige Male tief durch. Calming down." Ich wollte nicht atmen. Der Schweißgestank machte mich fertig und dieser Typ und seine kosmopolitische Hippieattitüde raubten mir den letzten Nerv.

Plötzlich klopfte es an der Tür. Der Yogalehrer, der sich nach ein paar tiefen Atemzügen als Sven vorgestellt hatte, bat die Person freundlich herein. Als sich die Tür öffnete und eine junge Frau in einem viel zu großen Hoodie eintrat, verzogen sich seine Mundwinkel zu einem noch breiteren Grinsen. Dass die Frau mit dem fragenden Gesichtsausdruck und den aschblonden Haaren süß war, fiel nicht nur ihm auf. Ich schluckte. Atmen, ich durfte das tiefe Atmen nicht vergessen.

„Hi! Willkommen! Möchtest du zu unserer Yogastunde?" Die Frau blinzelte, ehe ihr Blick durch den Raum wanderte. Suchte sie jemanden? Ihre Augen blieben auf mir liegen und etwas hellte in ihrer Mimik auf.

„Ja, ich … meine Bahn." Sven nickte mit einem verständnisvollen Lächeln. Er streckte die Hand aus, um sie in den Raum einzuladen. Mit bestimmten Schritten eilte sie neben mich, während die anderen Teilnehmenden sich wieder auf ihre Atmung konzentrierten. Ich beobachtete weiterhin unseren Neuzugang, der ihre hellrosa Yogamatte neben meiner ausbreitete. Als sie fertig war, richtete sie sich mit einem Lächeln auf. Sie musste gemerkt haben, dass ich sie die ganze Zeit beobachtet hatte. Meine Wangen wurden heiß.

„Hey, ich bin Karin." Ich rührte mich nicht und sie ließ die Hand wieder sinken. Blitzte da etwas Enttäuschung in ihren Augen auf? Schnell fasste ich mich wieder und bot ihr nun meinerseits meine Hand an, die sie bereitwillig schüttelte.

„Alex", stellte ich mich mit belegter Stimme vor. Ich hatte den ganzen Tag noch nicht viel gesprochen. Sie lächelte nur, strich sich eine Strähne hinter das Ohr und sah sich kurz im Raum um. Dann fiel ihr Blick wieder auf mich.

„Coole Frisur, Alex." Meine Wangen wurden heiß. Wie hoch war die Heizung in diesem Raum eingestellt? Und warum zog sie bei dieser Hitze ihren viel zu großen Hoodie nicht aus?

„Danke." Krampfhaft versuchte ich meine Gesichtszüge wieder zu entspannen. Zum Glück begannen wir nun mit unserer ersten Übung.

„Ihr spürt ein warmes, weiches, helles Licht in eurem Körper, das sich langsam in euch ausbreitet. Fühlt ihr wie eure vibration steigt?" Sven atmete geräuschvoll aus und die anderen taten es ihm nach. Scheinbar spürten sie schon die Schwingungen. Karin und ich hingen etwas hinterher. Sie hatte eine Augenbraue gehoben und beobachtete die anderen Teilnehmenden. Mir entwich ein amüsierter Laut.

„Spürst du schon ein Licht?" Ich schüttelte den Kopf.

„Du? Geh aber besser nicht darauf zu." Sie kicherte. Jetzt musste ich grinsen. Das Seminar konnte doch ganz interessant werden.

Sven hielt uns an, unsere Gliedmaßen auszuschütteln, damit wir uns für den Hauptteil der Übungen locker machten. Ich spürte, wie verkrampft ich war, als ich von einem Bein auf das andere hüpfte. Karin drehte ihren Oberkörper und ließ ihre Arme frei schwingen.

„Seid ihr nun bereit, eure energy miteinander zu verbinden." Ich war mir unsicher. Das klang recht intim.

Ich verzog das Gesicht und wieder musste Karin kichern.

„Du siehst sehr bereit aus", scherzte sie. Ich zog meine Augenbrauen hoch. Aber bevor ich eine Antwort stammeln konnte, wollte Sven, dass wir uns paarweise auf unsere Matten setzten.

„Seht euch an. Werdet euch eures Gegenübers bewusst. Atmet die energy des anderen ein. Feel the vibration!" Meine Mimik fror ein. Karins Auge zuckte. Wir saßen nur wenige Zentimeter auseinander. Ich konzentrierte mich auf ihre Nase, da ich Menschen nicht in die Augen sehen konnte.

„Ihr seht euch nun tief in die Augen." Svens Stimme klang angestrengt, als er etwas aus seinem Rucksack zog, was sich wohl verkantet hatte. Mit einem kräftigen Zug beförderte er schließlich eine grünliche Klangschale ans Tageslicht.

„Und ihr werdet eurem Gegenüber nun ein Kompliment machen. Nehmt den anderen in euch auf. Findet etwas, was diesen Menschen besonders macht, bevor ihr ihn in euch lasst." Seine Formulierung war unglücklich gewählt. Karin hatte sich halb zu ihm herumgedreht und als sie mich wieder ansah, spiegelte ihr Gesichtsausdruck das wider, was ich dachte.

„Ladet einander ein, euch zu ergreifen. Vielleicht zunächst mit den Händen." Gleichzeitig ließen wir unseren Blick nach unten wandern. Mein Daumen zuckte. Für so viel Intimität war ich definitiv nicht bereit. Doch Karin streckte ihre Hände einladend aus. Zögerlich betrachtete ich ihre Finger. Sie waren gepflegt. Die Nägel trug sie kurz und ohne Nagellack. Vorsichtig streckte ich meine tätowierten Hände aus. Der schwarze Nagellack, den ich immer trug, blätterte bereits ab. Sie schien es nicht zu stören. Sanft drückte sie meine Hände mit ihren und ich traute mich, meine Finger zu schließen.

„Du hast echt tolle Tattoos."

„Danke." Sie legte lächelnd ihren Kopf schief.

„Jetzt bist du dran." Meine Augen weiteten sich. Ich verstand nicht ganz, was sie von mir wollte.

„Mit dem Kompliment", half sie mir auf die Sprünge. Natürlich. Ich schluckte schwer. Wo waren meine Gedanken?

„Du …" Ihr Ausdruck wurde erwartungsvoller. Meine Augen scannten ihr Äußeres. Sollte ich ihren Hoodie ansprechen? Er war von der Universität Leipzig. Vielleicht hatte sie dort studiert.

„Du bist …"

„Ja?"

„Du bist … eh."

„Eh?"

„Du bist echt." Ich nickte energisch und Karin hob erneut ihre Augenbraue. Na, das hatte ich doch gut gemeistert. Karin wirkte irritiert.

„Das ist auf jeden Fall eine gute Voraussetzung." Ihre Worte klangen etwas trocken. Irgendwie musste ich diese Situation retten, aber Sven ließ mir dazu keine Zeit. Er setzte sich mit seiner Klangschale in die Mitte des Raumes, während er breit grinsend in die Runde sah. Als sein Blick auf mir und Karin hängen blieb, zwinkerte er ihr kurz zu. Mit einer Grimasse drehte sie sich wieder zu mir herum.

„Nun beginnen wir unsere energy über den flow unserer connection auszutauschen." Was für eine gequirlte Scheiße. Mit einem tiefen Atemzug versuchte ich mich wieder auf Karin zu konzentrieren. Aber ihr Blick brachte mich fast dazu, laut loszulachen. Sie hielt nicht viel von unserem Energy Instructor Sven und sein taktloses Getrommel auf der Klangschale ließ mich nicht mehr klar denken. Aber viele Gedanken konnte ich mir zu der Situation nicht mehr machen, da sich die Ereignisse plötzlich überschlugen, als seine musikalische Untermalung intensiver wurde.

Bei Karin regte sich etwas. Ihr Oberkörper begann zu zucken. Erschrocken sah sie an sich herab. Es wirkte so, als würde ihre Brust ein Eigenleben entwickeln. Mein Mund öffnete sich ein Stück. Die Bewegungen wurden immer intensiver und Karin hatte Mühe, mit ihren Händen das Zucken zu stoppen. Sollte ich ihr helfen?

Schließlich griff sie nach dem Saum ihres Hoodies und zog ihn sich über den Kopf. Sie warf ihn achtlos auf die Matte. Darunter hatte sich die ganze Zeit eine Art länglicher Beutel verborgen, von dem die intensiven Bewegungen ausgingen. Mit offen stehendem Mund beobachtete ich sie, wie sie den Beutel öffnete und die Schnauze eines Tieres zum Vorschein kam. In Sekundenschnelle hatte sich das Tier aus dem Beutel gekämpft und sprang mit einem dumpfen Geräusch auf die Matte. Es war ein Dackel!

Der kleine, schwarze Hund schüttelte sich entrüstet und bellte scharf. Seine dunklen Augen sahen sich wild im Raum um. Schließlich machten sie die Quelle der Ruhestörung aus. Mit einem bedrohlichen Knurren hüpfte der Dackel auf Sven zu, der nur schockiert seine Augen aufreißen konnte. Niemand rechnete an diesem Ort mit der lautstarken Attacke eines Hundes. Als dieser auch noch begann zu bellen, sprang Sven in Panik auf, stolperte über einige der verwirrten Teilnehmenden und rettete sich in eine Ecke des Raumes. Auf dem Weg hatte er noch seinen Rucksack ergriffen, den er auf den Dackel warf. Dieser war jedoch zu schnell und konnte dem Konter ausweichen. Mit panischen Hilferufen verharrte Sven, die Klangschale wie ein Schild vor sich haltend, in seinem Versteck.

„Raus! Verschwinde! Hilfe! Nehmt das Monster von mir weg." Er ließ sich an der Wand heruntergleiten und kauerte sich wimmernd in die Ecke.

„Elly! Aus! Komm her!" Karin war aufgesprungen und rief ihren Hund zurück. In diesem Moment merkte ich, dass ich ebenfalls aufgestanden war. Sven hatte mittlerweile begonnen, die beiden wüst zu beschimpfen. Karin griff nur beherzt nach ihrem Hund und hielt ihn fest im Arm.

„Verpisst euch! So eine Scheiße! Was denkst du dir dabei?" Aber sie drehte sich nur um, sah mein entgeistertes Gesicht, griff nach meiner Hand und wir stürmten nach draußen. Ich ließ es einfach zu, was mich auch sehr überraschte.

Wir hörten immer noch die wilde Schimpftirade von Sven, während wir in die Umkleide rannten, unsere Sachen aus den Spinden unter unsere Arme stopften, um so schnell es ging, das Studio zu verlassen. Keuchend hielten wir erst ein paar Meter vom Studioeingang entfernt inne. Ich stützte mich auf meine Oberschenkel. Es dauerte einen Moment, bis mein Atem wieder einen ruhigeren Rhythmus fand. Karin ging es nicht anders. Aber als sich unsere Blicke trafen, brachen wir in lautes Gelächter aus.

„Sorry, du hast dir das sicherlich anders vorgestellt", entschuldigte sie sich. Ich winkte ab. Endlich konnte ich mir meine wattierte Bomberjacke überziehen. Es war verdammt kalt.

„Eigentlich, war das jetzt schon mein Jahreshighlight. Den schockierten Gesichtsausdruck von Sven werde ich nie vergessen können."

Breit grinsend setzte Karin ihren Dackel auf dem Bordstein ab. Sofort begann der Hund, sich hinter dem Ohr zu kratzen. Das war für uns alle sehr aufregend. Schließlich bemerkte er auch mich. Neugierig schnüffelte er an meinen Sneakern, während wir uns unsere Klamotten unbeholfen in unsere Taschen stopften. Zum Glück hatte ich an diesem Tag eine lange schwarze Jogginghose an. Mit der Bomberjacke und der Sporttasche sah ich so aus, als wäre ich noch auf dem Weg in ein Sportstudio und nicht erst aus einem geflohen. Karin rieb sich die Arme. Helle Atemwolken stiegen vor ihrem Gesicht auf.

„Wollen wir vielleicht noch etwas Warmes trinken?"
Sie nickte zustimmend und befestigte die Leine am Geschirr ihres Hundes.

„Ich würde töten für einen Kaffee. Ich lade dich ein!"
Sie band sich ihren Schal um und sah mich erwartungsvoll an.

„Ich mag keinen Kaffee. Aber Tee wäre super." Sie verzog das Gesicht.

„Das macht dich schon wieder unsympathisch. Aber wir sehen mal." Als sie meinen besorgten Blick sah, lachte sie erneut. Wir folgten dem munteren Gang des Dackels, den Karin mir als Elly vorstellte, in die Innenstadt.

In Leipzig tummelten sich zwischen dem Augustusplatz und dem Markt viele Menschen, obwohl es sehr kalt war an diesem Tag. Elly schien das nicht zu stören. Sie tippelte munter umher, schnüffelte an ein paar Stellen und ließ sich von nichts aus der Ruhe bringen. Auch andere Hunde tangierten sie kaum. Ein großer Schäferhund hatte zwar ein Auge auf sie geworfen, aber das war ihr reichlich egal.

„Ich hoffe, das war nicht dein Stammstudio." Karin steckte ihre Hände in ihre dicke Winterjacke, deren verwaschener Blauton vermuten ließ, dass sie schon etwas älter war. Als ich sie aus dem Augenwinkel beobachtete, fiel mir auf, dass sie ein kleines bisschen größer war als ich.

„Nein. Um ehrlich zu sein, hasse ich Yoga." Mit gerunzelter Stirn drehte sie sich halb zu mir herum. Ich zuckte nur mit den Schultern und richtete meine Fischermütze.

„Meine Blähungen kann ich auch günstiger loswerden." Für ein paar Augenblicke musste Karin über meine Worte nachdenken, dann grinste sie breit. Mit einem energischen Nicken stimmte sie mir schließlich zu. Karin griff den Faden auf und wir sprachen eine Weile über die besten Hausmittel gegen Blähungen, ehe wir vor einem Schaufenster stehen blieben. Es war ein kleines Café, das eines meiner Werbeplakate ausstellte.

„Die Limo ist echt lecker, aber dafür ist es zu kalt." Karin stellte sich sehr dicht neben mich, während sie in ihre geröteten Hände blies. Ob es ihre Körperwärme oder ihre Nähe im Allgemeinen war, wusste ich nicht, aber kalt war mir in diesem Moment nicht mehr.

„Das Plakat habe ich entworfen."

„Echt?" Karin sah mich erstaunt an, als hätte ich ihr verraten, dass ich den Nobelpreis gewonnen hätte. War sie wirklich erstaunt oder wollte sie mir nur ein Kompliment machen? Vorsichtig lächelnd nickte ich.

„Ja. Ich betreue diesen Kunden schon seit drei Jahren. Aber die sexistischen Werbesprüche gehen mir langsam auf den Geist." Karin sah zwischen dem Plakat und mir hin und her. Seufzend streckte ich die Hand aus und deutete mit meinem Finger auf den Cartoon, den ich gezeichnet hatte. Er zeigte einen Haufen Männer, die offensichtlich der schwulen Leathercop-Szene zuzuordnen waren. Sie trugen aufreizende Lederoutfits, mit tief ins Gesicht gezogenen Mützen, sodass nur die üppigen Schnurbärte zu erkennen waren.

„Echte Männer trinken Kräuter." Es sollte eine herbe Kräuterlimonade mit wenig Zuckerzusatz beworben werden.

„Mein Chef denkt bis heute, ich hätte eine Rockergang gemalt." Für einen Moment herrschte Stille. Nur das Scharren von Elly, die eine zugefrorene Pfütze aufkratzen wollte, war zu hören. Dann prustete Karin neben mir los.

„Was?" Ihr Lachen wurde immer lauter. Ich presste meine Lippen aufeinander. Die Kampagne war zumindest erfolgreich. Nur die vielen Zuschriften aus der queeren Community irritierten meinen Chef. Einige mochten die stereotype Darstellung der Szene nicht. Das Plakat mit dem schwulen Bären, der mit geöffnetem Holzfällerhemd aus einer Flasche trank, hatte wiederum für positive Reaktionen gesorgt. Mein Chef merkte auch hier nicht, woher ich meine Referenzen nahm. Er lobte mich nur für die diverse Darstellung von Körpern, auch wenn das nicht seine exakten Worte waren.

„Ich habe Kunst studiert und bin jetzt in einer Werbeagentur gestrandet." Mein Blick wurde wehmütig.

„Aber das Plakat ist echt cool."

„Danke." Ich seufzte und weißer Atem stieg vor meinem Gesicht auf. Mit einem kurzen Nicken in die Richtung der Eingangstür des Cafés deutete ich an, dass wir hier unsere Getränke holen konnten. Karin stimmte zu und ich hielt ihr die Tür auf. Die Türglocke schreckte eine junge Person auf, die hinter der Kuchentheke kehrte. Es war angenehm warm und wir fanden einen Tisch neben dem Fenster. Zum Glück hatte Karin gemerkt, dass ich nicht weiter über meinen Job reden wollte, also unterhielten wir uns über ihren Werdegang. Ich erfuhr, dass Karin vor vielen Jahren aus Köln hierhergezogen war, um Germanistik zu studieren. Nun arbeitet sie in einem kleinen Verlag als Lektorin, was sie manchmal mehr, manchmal weniger glücklich machte.

„Es ist auf jeden Fall spannend Neuerscheinungen vor allen anderen lesen zu dürfen. Als wäre ich die Hüterin eines Geheimnisses. Alles top secret." Sie rührte in ihrem Kaffee herum, bis der Hafermilchschaum verschwunden war. Elly kaute munter unter unserem Tisch auf einem Knochen herum. Sie wirkte viel entspannter als in dem Yogastudio. Die 2000er-Playlist, die im Hintergrund spielte, machte sie scheinbar nicht so nervös wie Klangschalen.

„Schau mal! Ein blauer Dackel. Wie witzig." Mein Blick wanderte von Elly zurück auf den Tisch. Karin hatte aus einer Postkartenhalterung neben uns eine Karte mit einem blauen Dackelmotiv gefischt. Sie legte sie zwischen uns auf den Tisch, damit ich sie mir näher ansehen konnte.

„Der könnte bestimmt auch jeden Yogalehrer davonjagen." Karin sah auf. Ihre Wangen röteten sich leicht. Mir fiel auf, dass ihre Augen genauso dunkelbraun wie die ihres Hundes waren.

„Eigentlich ist Elly gut erzogen. Sie mag nur keine Männer." Mit einem Lächeln lehnte ich mich auf meinem Stuhl zurück. Unter dem Tisch hörte ich ein zartes Niesen. Sicherlich wusste Elly, dass wir über sie sprachen. Sie hatte gerade ihren Knochen verschlungen und machte Anstalten, auf Karins Schoß zu springen. Kopfschüttelnd hob sie den bettelnden Hund auf. Wie eine Königin ließ der kleine Dackel seine Augen über den Tisch schweifen. Ich glaube, dass ich ein wenig Enttäuschung in ihrem Blick gesehen habe, weil wir ihr keinen Krümel übrig gelassen hatten.

„Dann hat sie heute wohl einen schlechten Tag." Ich griff nach der Dackelkarte. Karin sah mir dabei zu, während sie leicht abwesend Elly zwischen den Ohren graulte.

„An anderen Tagen ist es besser." Ich nickte und drehte die Karte um. Irgendwo in meiner Sporttasche verwahrte ich einen Kugelschreiber. Nach kurzer Suche hielt ich ihn in den Händen und schrieb meine Handynummer auf die Karte.

„Davon muss ich mich selbst überzeugen." Mit einem breiten Grinsen reichte ich Karin die Karte. Sie zögerte nicht eine Sekunde, als sie danach griff. Lächelnd verstaute sie meine Nummer in ihrer Jackentasche.

„Danke. Ich denke, wir werden uns mal von unserer besseren …" Ihr Handy vibrierte auf dem Tisch. Das Display leuchtete auf und was immer Karin darauf sah, schien ihr nicht zu gefallen. Mit einem gequälten Gesichtsausdruck öffnete sie die Nachricht. Rasch überflogen ihre Augen die Zeilen.

„Ist alles in Ordnung." Sie schreckte auf, was Elly kurz auf ihrem Schoß straucheln ließ. Was auch immer in der Nachricht stand, hatte sie aus dem Konzept gebracht.

„Ja, alles gut. Aber ich muss leider schon los." Sie packte ihre Sachen zusammen. Verunsichert sah ich ihr dabei zu. Das war seltsam. Es schien auf jeden Fall wichtig zu sein.

„Danke für den schönen Nachmittag. Ich melde mich bei dir!"

„Versprochen?" Sie antwortete mir nicht, sondern lächelte nur. Als sie Elly angeleint hatte, winkte sie mir kurz zu und drehte sich zur Tür um. Bevor sie ging, sah sie noch einmal über ihre Schulter.

„Bis bald, Yogapartner!" Sie verschwand in der Dunkelheit des frühen Abends. Für einen Augenblick sah ich ihrem Schatten nach, der über die Straße und zur nächsten Haltestelle eilte. Irgendetwas zog sich in meinem Magen zusammen.

Dunkelheit und Traurigkeit

Meine Schritte hallen in allen Gassen der Städte wieder. Der Klang wechselt vom hellen Kopfsteinpflaster zum dumpfen Asphalt und wieder zurück. Menschen kreuzen meinen Weg, die auf der Flucht vor dir den Weg in meine Arme suchen. Scherben splittern, wenn Flaschen aus zitternden Händen fallen. Weißes Puder trocknet die Tränen auf den Wangen. Wie einem Leuchtturm rennen sie meinem feuerroten Haar nach, das sie an die Felsen führt. Ihre Seelen zerschellen, wenn ich die Führung übernehme.

In dieser Nacht suche ich jedoch einen Ausweg aus meiner eigenen misslichen Lage. Getrieben von dem Chaos hinter meiner heißen Stirn, zerre ich meinen Mantel enger um meinen dürren Körper. Die Kälte darf mich nicht vor dem Morgengrauen finden, sonst wirst du mir wieder entkommen.

Mir ist bewusst, dass ich dich nicht von mir stoßen darf. Gehen wir uns verloren, dann bricht das Gleichgewicht auseinander. Zumindest fühlt es sich so an. Die Leere griff aus den dunklen Ecken nach dem Saum meines Mantels. Ich muss mich beeilen.

Es gibt viele Orte, an denen ich dich finden kann, wenn du dich zeigen möchtest. Du hast ein Talent dafür, dich zu verstecken und mit einem Mal über alle hereinzubrechen wie ein Unwetter. Du bist der Regen nach der langen Dürre. Doch wo ist der Regen, wenn ich ihn mir sehnlichst wünsche? Wartest du auf mich oder bereitest du mir absichtlich Schmerzen?

In allen Augenpaaren, die meinen Weg kreuzen, suche ich deine Spur. Ich finde jedoch nur meine eigene.

Natürlich.

Die Nacht ist da für die Dunkelheit. Ich bin die Herrin der ruhelosen Seelen, die wahnhaft in die Höhe jagen, um sich dem tiefsten Fall hinzugeben. Freiwillige, in die sich die Klauen des Elends schlagen. Dieses sitzt kichernd auf dem Rücken der Menschen, die meinen Weg kreuzen. Nach uns folgt die Hoffnung. Nicht für alle, aber viele.

Das Kopfsteinpflaster wechselt zu Kies. In der Ferne höre ich das Läuten einer Straßenbahn. Dann werden die Geräusche um mich herum ruhiger. Sie ebben ab in unbehagliche Stille, die nur vom kurzen, aber steten Rascheln alten Laubes unterbrochen wird. Die Trauerweiden singen ihr unheilvolles Lied. Mein Ziel habe ich erreicht. Energisch trete ich durch das eiserne Tor der Friedhofsmauer.

Der Mond erhellt den Weg, den ich entlang eile. Die Gräber an den Seiten beachte ich nicht. Das ist deine Aufgabe. Dennoch sind einige dieser armen Seelen meinetwegen hier. Sie haben zu lange in mich hinein gestarrt und sind dem Wahnsinn verfallen. Er fraß ihre Leiber mit Haut und Haaren. Ich habe nichts als Ekel für ihn übrig.

Je tiefer ich in dein Königreich der Trauer vordringe, desto eisiger wird die Luft um mich herum. Mein Atem steigt in Wolken vor mir auf. Frost hat sich auf den Boden gelegt. Ich muss dir ganz nah sein. Langsam beginnt es zu schneien.

Nach und nach werden die weichen Schneeflocken zu stechenden Eiskristallen. Deine Wut lässt alles gefrieren. Und sobald es kaum noch zu ertragen ist, finde ich dich auf einer Bank sitzend. Dein Blick ist starr auf einen riesigen Grabstein gerichtet. Ich weiß, dass du auf den Stein fixiert bist, weil du mich nicht ansehen kannst. Doch ich kann deine Augen hinter den langen, silbernen Haaren nur vermuten, die dein Gesicht schimmernd rahmen.

„Guten Abend, Traurigkeit." Du rührst dich nicht, aber zitterst leicht, als dich meine Stimme erreicht. Ich nähere mich vorsichtig, aber setze mich nicht. Für einen Moment will ich dir diesen Raum noch lassen.

„Da bist du endlich, Dunkelheit." Deine Stimme hinterlässt einen tiefen Schnitt in meinem Fleisch. Habe ich deine kalte Schulter wirklich verdient? Schnaubend wende ich mich dem Grab zu. Aus dem Augenwinkel beobachte ich, wie du dein Kleid richtest. Langsam tätschelst du den Platz neben dir. Ich darf mich setzen.

„Wie lange haben wir uns verpasst?" Dein Lachen klingt glockenklar. Ein Ton, der etwas in der Schwärze meines Seins berührt. Es umfasst den Kern meiner Existenz. Hoffentlich will es nie wieder loslassen.

„Diese Frage solltest du dir selbst beantworten. Ich war stets hier." Ich schließe meine Augen. Dein Duft erreicht mich. Die elegante Komposition verzweifelten Verlangens, das auf die Schwere der Vergänglichkeit trifft. Meine Lider öffnen sich, während ich mich dir nähere. Du lässt es zu. Unzählige Male, so erinnere ich mich, kollidierten unsere Körper durch die unbarmherzige Ungeduld unserer Leidenschaft. Wir wollten uns in einander aufnehmen, aber fraßen uns nur auf. Jetzt trennen uns schüchterne Zentimeter voneinander. Endlich drehst du dich zu mir.

„War es für dich wieder an der Zeit, mich aufzusuchen, damit du nicht vergisst, wer du bist?" Ich schüttle den Kopf, bevor mein Blick zu deinen vollen Lippen springt. Schmerzhaft unterdrücke ich alles, was in mir nach dir schreit.

„Dafür wären auch andere da." Ich erschrecke, als ich in deine zornigen Augen voll wässriger Trauer sehe. Lass mich bitte gehen, formen meine Lippen klanglos. Das kann ich nicht, sagt das sachte Schütteln deines Kopfes.

„Sie sehnen sich nach dir, wenn ich sie ergreife." Deine Hand fasst an meine Wange, um sie sanft zu halten. Ich lehne mich in sie hinein. Wie sehr habe ich dich vermisst. Der lockere Sitz deines Kleides lässt den Stoff an genau den richtigen Stellen entgleiten. Es ist zu spät für mich. Ich sehne mich nach dir, denn du hast mich ergriffen. Fest, unbarmherzig und voll mit dem, was sie in dir hinterlassen.

Unser Kuss ist vertraut und deine Hände kennen jeden Weg auf meiner Haut. Du weißt um mich und ich um dich. Die Lust zwischen uns ist getrübt durch unsere Vertrautheit. Sollte sie uns nicht eher den Weg erleuchten?

Dein Mund hinterlässt mit Zärtlichkeit deine Liebe auf der Haut meines Halses, während ich achtsam meine Finger in deine Hitze gleiten lasse. Das Beben in dir bricht erschüttert aus zu einem Tosen. Tiefer sinkst du in meine Arme, die dich weiter fallen lassen. Ein Seufzen geht erst durch dich und dann durch mich.

„Was ist, wenn ich mich nicht von dir trennen kann?" So bitter wie mein Lachen sind die Tränen, die ich dich weinen höre. Fester drücke ich dich an mich. Die Zeit des Abschieds hat uns fast erreicht. Trotz all dem Halt, den ich dir schenke, würdest du an mir zerbrechen. Ich muss meine Arme von dir nehmen, aufstehen und dir nur noch einen letzten Blick über die Schulter zuwerfen.

„Traurigkeit, du musst zum Licht."

Die Sonne unter dem Nachthimmel Roms

„Der Ritter der Stäbe?"

Stirnrunzelnd beugte ich mich so tief über die Karten, dass meine Nasenspitze sie beinahe berührt hätte. Doch auch nach einer umfassenden Prüfung ihrer Anordnung verstand ich nicht, was sie mir sagen wollten. Seufzend begab ich mich wieder in eine aufrechte Position. Meine Aufmerksamkeit wurde zum Rauschen des Trevi-Brunnens gelenkt. Ich sah Menschen mit Kameras in ihren Händen, die Bilder von sich und anderen schossen. Trotz der fortgeschrittenen Abendstunde war der kleine Platz noch recht belebt.

Die unterschiedlichsten Szenen nächtlicher Begegnungen spielten sich um mich herum ab. Doch keine Seele schien Notiz von mir zu nehmen. Nur eine Polizeistreife beobachtete mich seit meiner Ankunft skeptisch. Sie hatte ihre Hände in die Hüfte gestemmt, während eine Trillerpfeife bedrohlich zwischen ihren Lippen wippte. Ich verdrehte die Augen und sah zurück zum Brunnen. Da wehte ein Windstoß durch meine Haare. Für Mitte September war es ungewöhnlich kühl. Fröstelnd rieb ich über meine Arme und sah zurück auf die Steinbank, auf der ich rittlings saß. Die Böe hatte nicht nur meine Haare ergriffen.

„Scheiße!"

Unbeholfen stolperte ich über die Bank, wobei ich fast mit dem Fuß hängen geblieben wäre. Einige meiner Tarotkarten lagen auf dem Kopfsteinpflaster verstreut.

Geistesgegenwärtig griff ich nach dem Stapel, der noch auf der Bank lag. Dann begann ich eilig die Karten einzusammeln. Sie begleiteten mich mein halbes Leben. Keine durfte fehlen.

In meinem Rücken spürte ich den ernsten Blick der Polizeistreife, der sich unter meine Haut bohrte. Davon beirren ließ ich mich nicht. Tatsächlich war ich so auf das Einsammeln fokussiert, dass ich kaum etwas anderes wahrnahm. So hörte auch ich nicht die rasant näherkommenden Stöckelschuhe, die ich eigentlich hätte hören müssen.

Gerade streckte ich meine Hand nach einer Karte aus, sah auf, erschrak und konnte im letzten Augenblick einem hellgrünen Sommerkleid ausweichen, das direkt vor meinem Sichtfeld auftauchte. Elegant war meine Drehung, die ich kurz vor der Kollision vollführte, nicht. Ich strauchelte über meine eigenen Füße, verlor das Gleichgewicht und landete unsanft auf meinem Hintern.

„I'm sorry", stammelte ich, während ich mein Gesicht vor Schmerzen verzerrte. Ich presste die Augenlider kurz aufeinander, um mich zu sammeln. Als ich sie vorsichtig öffnete, sah ich eine ausgestreckte Hand vor mir, die mir hoch helfen wollte. Sie war perfekt maniküṛt und mit einigen goldenen Ringen, sowie Armreifen geschmückt, die aussahen, als seien sie schon lange Teil eines Familienbesitzes. Reflexartig wischte ich meine eigene Hand an meiner Hose ab, mit der ich meine Karten aus dem Dreck der Straße aufgehoben hatte.

„Schon ok. Bist du in Ordnung?"

Verwundert blinzelte ich. Mein Blick wanderte von der Hand über einen nackten Unterarm, den Ellenbogen entlang zu einem kleinen Stück eines ebenfalls unbedeckten Oberarms bis zum weiten Saum eines hellgrünen Kleiderärmels.

Für einen Atemzug verharrten meine Augen an der Stelle, aber dann ging es weiter über die Schulter, den Hals, das Kinn bis hin zu einem Lächeln, das mich erneut blinzeln ließ. Der Mund, der zu diesem Lächeln gehörte, wollte sich gerade wieder öffnen, da griff ich, ohne weiter darüber nachzudenken, nach der Hand.

Schwungvoll wurde mir zurück auf die Beine geholfen. Nach einem kurzen Moment des Innehaltens sah ich schüchtern und verwirrt zu meinem Gegenüber auf. Die junge Frau, die vor mir stand, sprach meine Sprache.

„Oh, ich hatte so eine Ahnung", lachte sie mir fröhlich entgegen und hielt mir eine meiner Karten hin, die sie vom Boden aufgelesen haben musste. Es war der Ritter der Stäbe.

„Du hast mir gerade noch gefehlt", murrte ich, wurde mir meiner Wortwahl ein wenig zu spät bewusst und schüttelte erschrocken den Kopf. Gleich signalisierte sie mir mit einem verständnisvollen Nicken, dass sie sich nicht angesprochen fühlte. Eine unangenehme Stille legte sich zwischen uns, die sie mit einer Handbewegung beiseiteschob.

„Interessante Ortswahl für eine ratsuchende Legung", bemerkte sie, drehte sich erst halb zum Trevi-Brunnen herum, bevor ihr neugieriger Blick wieder auf mich fiel. Ich rümpfte die Nase, legte den Kopf in den Nacken und suchte die kaum sichtbaren Sterne am Himmel.

„Ich warte auf eine Person, die wohl nicht auftauchen wird", antworte ich schließlich und sah sie erneut an. Die Leichtigkeit in ihrem Gesicht wich einem nachdenklichen Ernst.

„Das ist frech", entgegnete sie schlicht. Ich verzog die Mundwinkel und zuckte mit den Achseln. Meine Reaktion brachte sie erneut zum Lächeln. Dann sah sie auf die Karte, die sie immer noch zwischen uns hielt.

„Auf ihn wartest du offensichtlich nicht." Amüsiert schüttelte ich den Kopf. Da hatte sie recht.

„Nein, das stimmt. Sie ist kein edler Ritter in strahlender Rüstung." Nachdenklich tippte sich die Unbekannte ans Kinn, während ich ihr die Karte endlich abnahm und sie zurück in das Deck schob.

„Ein Glück kam ich dir zur Hilfe. Vielleicht solltest du auf mich warten?" Das wäre eine interessante Wendung. Doch die Person, der ich hoffte zu begegnen, hatte kurze Haare und dunkle Augen. Auf die Schultern der Unbekannten fielen lange Haare und ihre Augen waren hell, so gut ich es im schummrigen Licht der Laternen erkennen konnte.

Sie schlenderte zu der steinernen Bank, auf der ich zuvor saß, und ließ sich darauf fallen.

„Ich kann ein bisschen mit dir warten, wenn ich schon hier bin." Ich wusste nicht, ob das eine gute Idee war, aber wir waren in Rom, es war Nacht und etwas Gesellschaft lenkte mich womöglich ab.

„Wenn du willst, kann ich dir zum Zeitvertreib die Karten legen?" Mein Angebot klang etwas unbeholfen. Der Ausdruck in ihrem Gesicht sagte mir jedoch, dass sie scheinbar darauf gehofft hatte. Offensichtlich war ich nicht die einzige Person, die hier nach etwas suchte.

„Warum nicht? Wer weiß, was das Universum mir in dieser magischen Nacht an genau diesem Ort zu berichten hat?" Ich schwang mein Bein über die Bank, setzte mich neben sie und nahm meine Tarotkarten aus ihrer Schachtel. Während ich mischte, beobachtete ich sie. Mit zusammengekniffenen Augenlidern ließ sie konzentriert den Blick über den Platz schweifen.

„Hast du eine bestimmte Frage oder wollen wir einfach sehen, was passiert?" Sie biss sich auf die Unterlippe, schüttelte dann den Kopf und streckte ihre Beine aus.

„Ich glaube, ich möchte etwas Bestimmtes wissen." Schnell klopfte ich auf den Stapel, ehe ich ihn vor mir ablegte. Meine Hand ruhte vorsichtshalber weiterhin auf ihm.

„Ich brauche vielleicht nicht mehr zu fragen, wer mir in Rom begegnet …" Sie machte eine bedeutungsvolle Pause.

„Deshalb würde ich gerne wissen, was ich hier finden werde." Ich atmete tief ein, während ich das Deck wieder in die Hände nahm, ein letztes Mal mischte und die erste Karte zog.

„Hm. Als Erstes haben wir den Narren."

„Ja?"

Ich mischte weiter. Sie zog ihre Beine näher an sich und beugte sich erwartungsvoll zu mir. Da fiel die zweite Karte heraus.

„Oh. Das sind die Liebenden."

Unruhig spielte sie mit den Ringen an ihrer Hand. Da stoppte ich das Mischen, zog die letzte Karte und drehte sie andächtig herum. Es war der Mond.

„Frei von Zwängen findest du vielleicht die Erfüllung deiner Träume und Sehnsüchte."

Stille.

„Hat das was mit einem Mann zu tun?" Sie deutete auf den Narren. Ich überlegte für einen Moment. Dann begann ich langsam den Kopf zu schütteln.

„Nicht unbedingt."

„Na, ein Glück."

Ich sah auf und sie zwinkerte mir zu. Das verunsicherte mich, was sie wiederum laut auflachen ließ.

Es war ein Lachen, das bis in die tiefsten, antiken Ruinen meines Herzens vordrang und dort an den Steinen als Echo widerhallte. Eine seltsame Allegorie, über die ich gar nicht lange nachdenken wollte. Also nahm ich die Karten wieder an mich und wendete den Blick abermals in den von Licht beschmutzten Nachthimmel.

„Der Mond ist heute leider nicht zu sehen", fiel mir auf und sie sah ebenfalls nach oben.

„Vielleicht versteckt er sich nur wie die Person, auf die du wartest." Ich gab einen abfälligen Laut von mir.

„Warte, ich ziehe eine Karte für dich", schlug sie vor. Warum nicht, dachte ich, und hielt ihr den aufgefächerten Stapel hin. Sie ließ ihre Finger beschwörend darüber kreisen, bis sie eine passende Karte fand. Andächtig zog sie diese heraus und deckte langsam auf. Es war die Sonne.

„Die werden wir heute Nacht eher nicht sehen", scherzte ich. Sie gab mir die Karte wieder und ich verstaute den Stapel in seiner Schachtel.

„Es müsste ein Wunder geschehen, damit sie auftaucht", fügte ich hinzu und wendete mich wieder dem nachlassenden Treiben der Menschen um uns herum zu. Die Polizeistreife war die einzige Konstante. Immer wieder versah sie uns mit einem Seitenblick. Nur erkannte ich nicht, ob sie dies aus Pflichtbewusstsein tat oder aus rein menschlicher Neugier.

Mein Gedanke riss jedoch abrupt ab, als eine Hand meine ergriff, um mich die wenigen Stufen hinunter vor den Trevi-Brunnen zu ziehen. Die Berührung fühlte sich überraschend natürlich an.

„Hier." Die Unbekannte gab mir eine Münze, die ich zögerlich annahm. Ich verstand nicht ganz, bis sie auf das Wasser deutete. Natürlich, dachte ich. Ich saß schon den ganzen Abend neben einem Wunschbrunnen.

Für einige Atemzüge schloss ich die Augen, um meine Gedanken zu ordnen und mich auf einen ganz speziellen Wunsch zu konzentrieren. Dann drückte ich die Münze fest in meiner Handfläche und warf sie schließlich in den Brunnen. Mit geschlossenen Augen hörte ich das typische Geräusch eines Gegenstandes, der auf der Wasseroberfläche auftraf. In der Häuserschlucht wirkte es unverhältnismäßig laut. Wie der ohrenbetäubende Pfiff, der gleich darauf ertönte.

„Schnell!" Die Unbekannte drehte sich herum und wir eilten die kleine Treppe hinauf und rannten davon. Hinter uns hörten wir die wütenden Rufe der Polizeistreife, die bald in unserem atemlosen Lachen untergingen. Sie verfolgte uns nicht lange und unsere Schritte verlangsamten sich zwei Straßen weiter. Erst hier fiel mir auf, dass sie erneut nach meiner Hand gegriffen hatte, die sie nun losließ. Zögerlich blieb ich stehen, während sie einige Schritte vor mir innehielt.

Zwischen den alten Häusern Roms sah ich sie das erste Mal richtig an. Es war, als würde sie wirklich an diesen Ort gehören und keinen anderen. Hätte sie mir erzählt, dass sie wenige Stunden zuvor aus einem Wandgemälde gestiegen wäre, um durch die belebten Straßen zu wandeln, ohne wirklich aufzufallen im geschäftigen Treiben, würde ich es glauben.

„Das war was", keuchte sie und hielt sich den Bauch. Ich nickte nur. In der Ferne wurde Musik gespielt und sie begann die Melodie mit zu summen. Ich kannte dieses Lied aus meiner Kindheit. Leichtfüßig stolzierte sie zu mir zurück. Und da kam es mir wie ein Blitzschlag in den Sinn, als sich unsere Augen trafen. Diese Szene kannte ich.

Etwas wurde in mir geweckt, was tatsächlich wie eine alte, antike Erinnerung in den tief verborgenen Grabkammern meines Bewusstseins schlummerte. Wie viele Lebenszyklen durchlaufen wir, damit wir uns an einer bestimmten Stelle wiederfinden. Ein spannender Gedanke, über den ich so lange nachdachte, bis eine

Gruppe lachender Menschen an uns vorbeilief, die aus einer Gelateria kam.

„Sieht gut aus. Komm, auf den Schreck lade ich dich ein", bot die Unbekannte an und ich brauchte nicht lange darüber nachdenken. Ihre scheinbar unerschütterliche Leichtigkeit überzeugte mich sofort. Zustimmend bedeutete ich ihr vorzugehen und als sie sich mit einer eleganten Drehung aufmachte, sah ich es. Auf ihrer Wade lächelte mich das verträumte Tattoo einer Sonne an.

Friedrichstraße

Es war der Brachiosaurus im Berliner Naturkunde-
museum, der schon meine Kinderaugen staunen ließ.

Auch nach vielen Jahren ist dieses Glitzern nicht vollständig verschwunden, obwohl ich gewachsen bin. Neben dem steinernen Fossil fühle ich mich wieder wie
damals, als ich noch nicht wusste, wie es ist, groß zu
sein. Ein schöner Gedanke, in der Zeit zurückzureisen,
durch die Epochen meines Lebens zu gehen und alles
erneut zu betrachten. Nur dieses Mal mit dem wissenden Blick, wie alles zu Ende gehen wird. Ich würde
gerne noch einmal alles sehen, bevor der Komet ein-
schlägt und alles in eine dunkle Wolke hüllt.

Langsam umkreise ich das Monstrum. So viel Kraft
und Stärke, die dennoch nicht halfen die Katastrophe
zu überstehen. Es hat rein gar nichts genützt. Dennoch
steht er hier, thronend über allen. Fasziniert möchte ich
meine Hand ausstrecken, aber darf es nicht. Ein innerer
Drang, der unbeantwortet bleibt. Ich bin froh, ihn noch
einmal sehen zu dürfen, ehe ich meinen Weg fortsetze
und nicht wieder zurücksehe.

Schnitt.

Die Luft der U-Bahn-Haltestelle ist stickig und klebt
auf meiner Haut. Der markante, süßliche Duft kriecht
in meine Nase, wo er sich mit den Gerüchen der Menschen verbindet. Es stinkt, aber es ist vertraut. An ande-

ren Tagen hätte ich es nicht einmal bemerkt. Heute schon, weil heute alles anders ist.

Das Tosen der einfahrenden Waggons übertönt die Musik in meinen Kopfhörern, aber nicht die Lautstärke meiner Gedanken. Da sind nur kurze Unterbrechungen, aufflackernde Lichter. In meinem Kopf brennt es.

Seit Monaten brennt es hinter meiner Schläfe. Der Schmerz kam und ging mit ihr. Dann bohrte er sich tiefer, als ich sie mit ihm sah. Das Bild von ihr in mir fing Feuer. Jetzt brennt es in meinem Kopf. Die U-Bahn fährt laut ratternd in den Schacht.

Es ist der 26. September 2020, ich sitze auf einer kalten Bank auf dem Steig der U6, Haltestelle Friedrichstraße. Ein weißes Haltestellenschild im schwarzen Rahmen starrt mich verheißungsvoll an. Es sieht aus wie der Warnhinweis auf der Zigarettenschachtel, die ich mit meiner vierten Bierdose in einem Mülleimer entsorgt habe, bevor ich die Stufen zum Bahnsteig hinabgestiegen bin. Zwei weitere Dosen schlugen in meinem Beutel aneinander und gegen eine ungeöffnete Zigarettenschachtel. Ich sollte sie neben der Bank stehen lassen, damit sich ein anderer darüber freuen könnte. Nichts soll verschwendet werden. Ich lache in mich hinein. Nicht alles soll verschwendet werden.

Ich greife in meinen Beutel, um doch noch die vorletzte Dose herauszuziehen. Mit einem lauten Klacken öffne ich sie. Der Nagellack blättert von meinen Fingern. Vorsichtig wische ich die Farbreste von der Öffnung und setzte an. Das billige Bier schmeckt nach der dritten Dose wie Wasser. Meine Erinnerung an den ersten Schluck, den ich in meinem Leben getrunken habe, ist verschwommen. Die Gedanken, die ich an sie habe, sind hartnäckiger.

Ich öffne mein Handy und mache ein Bild von dem Haltestellenschild vor mir. Es ist ein wenig verwackelt. Mit einem Wisch zum nächsten Foto, sehe ich den Brachiosaurus. Eine Träne schiebt sich in meinen Augenwinkel. Bevor sie sich hinausdrückt und über meine Wange fliehen kann, höre ich ein Lachen neben mir. Es ist ein Kind, das an der Hand eines spielerisch mahnenden Elternteils zieht.

Verdammt.

Seit einer halben Stunde war es mein Plan, die Bahn in zwei Minuten zu nehmen. Mittlerweile war sie schon oft an mir vorbeigefahren. Die nächste hätte es werden können. Jetzt stehen sie neben mir. Das Kind zieht, das Elternteil lacht. In meinem Kopf brennt es. Das kann nicht sein.

Als das Kind bemerkt, dass sie nicht alleine auf dem Bahnsteig sind, sieht es mich mit großen, staunenden Augen an. Das ist mir unangenehm. Ich stehe auf und der Blick folgt mir. Meine Größe überragt das Kind um Längen. Groß und stark, dennoch kann ich die Katastrophe nicht abwenden. Ich starre auf die Schienen vor uns. In meinem Kopf brennt es, doch das Feuer wird kleiner.

Das geht nicht. Jetzt geht es nicht und danach auch nicht. Der Mut war kurz da, aber ging, als mich die Augen des Kindes vor den Schienen stehen sahen. Das geht so nicht.

In der Ferne höre ich das Rattern der einfahrenden Bahn. Die U6 kommt und holt uns ab. Die Lichter kommen näher, die Augen werden größer. Mit einem lauten Quietschen bremst der Wagen und vor mir springt eine Tür auf. Körper drücken sich an mir vorbei. Einige nehmen mich wahr, andere nur hin. Mit unsicheren Schritten bewege ich mich nach vorn.

Ich verlasse den Bahnsteig der U6 am 23. November 2024 in der Bahn, nachdem ich ein Bild von dem Warnhinweis-Haltestellenschild geschossen habe. Mit einem Wisch nach links grinst mich ein Bild von einem Donut an, den ich eine Stunde zuvor gegessen habe. In meiner Hand halte ich eine Mateflasche. Für einen kurzen Moment atme ich ein. Der süßliche Geruch der Berliner U-Bahn füllt meine Lungen. Das Feuer in meinem Kopf ist aus.

Strafarbeit

Voller Unbehagen verzog ich mein Gesicht zu einer Grimasse. Der Spiegel warf mein verzerrtes Gesicht ungefiltert zurück. Wie entsetzlich ich sein konnte. Meine Handflächen wurden feucht. Rasch wischte ich sie am Stoff meiner Hose ab. Das Papier in meiner Hand durfte nicht feucht werden. Es wäre sonst schwerer einen, vernünftigen Strich darauf zu ziehen.

Mit einem tiefen Atemzug richtete ich mich auf meinem Stuhl gerade auf. Das Holz knarzte, als ich meinen Rücken gegen die Lehne presste. Langsam wurde ich ungeduldig. Mein Termin ließ auf sich. Vor der Tür näherten und entfernten sich Stimmen. Studierende eilten aus den Seminarräumen. Ich sah zu der Uhr über der Tür. Sie war schon viel zu spät dran.

Taktlos tippte ich mit den Zehenspitzen auf den Boden. Das Geräusch war dumpf, da ich nur noch Socken trug. Ich musste meine Schuhe ausziehen und neben die Tür stellen. Der Boden fühlte sich warm an. Sie mussten eine Fußbodenheizung eingebaut haben. Langsam beugte ich mich vor, um meine Socken nach Löchern abzusuchen. Da waren keine. Erleichtert lehnte ich mich wieder zurück.

Das Stimmengewirr vor der Tür ebbte ab. Hatte sie mich vergessen? Wieder sah ich zur Uhr. Es waren nur wenige Minuten vergangen. Mit einem Räuspern rutschte ich auf dem Sitz hin und her. Gedankenversunken wanderte meine Hand in meinen Rucksack und griff nach dem Hals meiner Wasserflasche. Als ich am

Schraubverschluss drehte, hörte ich zwei Stimmen, die sich direkt auf die Tür zu bewegten. Das Kratzen in meinem Hals war vergessen. Aufmerksam lauschte ich.

„Ich weiß es noch nicht. Aber ich schreib' dir später. Tschau!" Die Türklinke wurde betätigt. Schwungvoll trat sie ein. Ihre Augen sahen mich durchdringend an, während die Tür hinter ihr ins Schloss fiel. Dann begrüßte mich ein strahlendes Lächeln. Aber sie wandte sich gleich von mir ab und bewegte sich hektisch auf einen Stuhl am anderen Ende des Raumes zu, über dessen Lehne sie ihr Handtuch warf.

„Ich wurde aufgehalten. Der Dozent wollte noch an meiner Haltung arbeiten. Ich hoffe, du wartest nicht zu lange?" Sie drehte sich abrupt, aber elegant zu mir herum. Ich schüttelte den Kopf und sie griff mit einem noch wärmeren Lächeln nach dem CD-Spieler, zu dem sie sich gebeugt hatte.

„Du lügst, hab ich recht?" Ihre Stimme klang amüsiert. Das Kratzen in meinem Hals kehrte zurück. Schnell trank ich einen Schluck von meinem Wasser, ehe ich einen Hustenanfall bekam.

„Alles gut. Ich freu' mich, dass du dir die Zeit nimmst." Etwas Warmherziges lag in ihrem Blick, als sie mit dem CD-Spieler in der Hand an mich herantrat. Eine Strähne hatte sich aus ihrem Dutt gelöst und fiel ihr in die Stirn. Sie wirkte mit einem Mal nahbar. An diesem Ort war das ein seltenes Phänomen.

„Du musst eine Strafarbeit absolvieren, oder?" Gequält grinsend sah ich auf mein Blatt, das bereits leicht zerknittert war an den Rändern. Für eine Sekunde kniff ich die Lider aufeinander, aber nickte schließlich. Mit einem Kloß im Hals zerzauste ich mir die kurzen Haare. Als ich aufsah, bemerkte ich, dass ihr Lächeln nun auch ihre hellen Augen erreicht hatte.

„Ich kam zu oft zu spät, ja." Das amüsierte sie. Mit einem Schulterzucken stellte sie den CD-Player ab und richtete sich mit einer Streckbewegung auf. Angestrengt versuchte ich nicht auf die sichtbar gewordene Haut ihres durchtrainierten Bauchs zu sehen, die zwischen dem weit geschnittenen grauen Shirt und der schwarzen Leggings sichtbar wurde.

„Ich habe gehört, dass du hier betrunken eingebrochen bist. Ich sollte meine Quellen prüfen." Dieser Smalltalk gefiel mir nicht. Ich sah auf das leere Blatt in meinem Schoß. Obwohl es völlig unberührt war, strich ich mehrmals darüber. Dieser Ort hatte keine Geheimnisse. Klatschgeschichten waren der Mörtel, der ihn zusammenhielt. Meine Wangen wurden warm.

„Möglich. Kreativität kennt keine Grenzen."

„Oder eine Hausordnung." Machte sie sich über mich lustig? Mit hochgezogener Augenbraue betrachtete ich erst mein Spiegelbild und daraufhin ihres. Sie saß mit gespreizten Beinen zu meinen Füßen und beugte ihren Oberkörper mit ausgestreckten Armen nach vorn. Sie dehnte sich ausgiebig, bis sie sich wieder aufrichte.

„Ich frage mich nur, welche Muse dich geküsst hat, dass du unbedingt einbrechen und dein eigenes Bild ruinieren wolltest." Das wusste ich selbst nicht mehr. Zudem hat mich das Sicherheitspersonal aufgehalten, ehe ich im Atelier ankam. Zum Glück hatte ich die

Nachsicht der Dozentin auf meiner Seite. Sie sah in mir viel Talent. Um eine Strafarbeit kam ich dennoch nicht herum.

„Also, woran werden wir heute arbeiten." Erwartungsvoll sah sie mich direkt an, während sie ihren Oberkörper zur Seite lehnte. Ich ließ die Knöchel meiner Finger knacken.

„Ich soll Skizzen für einen Zeichentrickfilm anfertigen. In der Prüfung sollen wir uns mit komplexen Bewegungsabläufen beschäftigen." Und meine Dozentin hatte mir die schwierigste Aufgabe von allen gegeben. Ich sollte einen Tanz animieren. Meine Erfahrung und mein Talent halfen mir nicht. Allein auf harte Arbeit kam es an. Seufzend legte ich meinen Bleistift auf das Papier.

„Mach einfach deine Übungen und ich fertige ein paar Skizzen an." Sie nickte und richtete sich wieder auf. Die Strähne, die sich aus ihrem Dutt gelöst hatte, fand ihren Weg zurück in das Haarknäuel.

„Ich muss mich ebenfalls auf eine Prüfung im Modern Dance vorbereiten. Würde es dir etwas ausmachen, wenn du diese Bewegungen skizzierst?" Eigentlich hatte ich mit klassischem Ballett gerechnet. Aber ich begrüßte die Idee. Das konnte für eine interessante Spannung sorgen. Zudem begeisterte mich die Klassik noch nie. Vielleicht wäre ich eingeschlafen, bevor ich die ersten gelungenen Striche gezeichnet hätte.

„Gut." Sie beugte sich zum CD-Player herunter, öffnete die Klappe und legte eine Disc ein. Mir fiel auf, dass sie diese Bewegung jedes Mal mit durchgestreckten Beinen ausführte. Ob sich alle ihre Bewegungen an den Tanz angepasst hatten?

„Wenn ich einige Bewegungen wiederholen soll oder du Standbilder brauchst, sag Bescheid." Ich gab einen nachdenklichen Laut von mir. Schüttelte dann jedoch den Kopf.

„Ich möchte dich nur ungern in einer unangenehmen Pose festsetzen." Ein überhebliches Lächeln stahl sich auf ihre Lippen. Wieder fuhr ich mir verunsichert durch die Haare. Mit einem kurzen Blick in den Spiegel sah ich, dass sie in alle Richtungen abstanden. Hektisch richtete ich sie wieder. Hatte sie es bemerkt?

„Glaub mir, ich komme mit vielen Herausforderungen zurecht. Lass uns anfangen." Mit ihrem großen Zeh betätigte sie die Playtaste. Ein Klavier begann zu spielen. Sie drehte mir den Rücken zu und breitete ihre Arme aus. Die kurzen Ärmel ihres Shirts rutschten in die Richtung ihrer Schultern. Ich kniff die Augen zusammen. Das Licht war zu hell. Der Schatten hatte keine Chance, ihr Muskelspiel richtig einzufangen.

„Können wir das Licht dimmen?" Sie drehte ihren Oberkörper herum, ohne dabei die Haltung zu verlieren. Sie wirkte leicht irritiert, aber nickte. Kurzerhand stand ich auf und drehte die Helligkeit der Deckenspots mit einem Regler neben der Tür herunter. Sie hatte sich wieder in ihre Ausgangsposition begeben, als ich an sie herantrat. Mit hochgezogener Augenbraue beobachtete sie mich.

„Stimmt etwas nicht?" Nachdenklich biss ich mir auf die Unterlippe. Langsam bewegte ich meinen Kopf hin und her.

„Es geht um den Schatten. Siehst du das?" Ich hob meinen Bleistift, um die hervortretenden Muskelstränge nachzuzeichnen. Durch den Lichtkontrast konnte ich jede Bewegung deutlicher erkennen. Ihre Augen folgten meinem Stift und sahen schließlich in mein Gesicht. Unsere Blicke trafen sich.

„Muss ich etwas beachten?" Ihre Stimme klang gedrückt. Mit einem tiefen Atemzug trat ich zurück und betrachtete ihren Körper eindringlich. Ich hatte schon ganz andere Studienobjekte vor mir. Warum war ich so nervös?

„Nein. Ich sitze einfach nur hier und zeichne meine Linien." Rasch lief ich zu meinem Stuhl zurück, griff nach meinen Zeichenunterlagen und versuchte mich auf meine Arbeit zu konzentrieren.

„Dann ziehe ich hier meine Kreise." In ihre Stimme kehrte die anfängliche Heiterkeit zurück. Das Lied lief währenddessen vollständig durch und begann erneut. Ich hatte gar nicht darauf geachtet. Die ersten Klaviertakte setzten ein und sie breitete wieder ihre Arme aus. Der Schatten definierte nun jeden einzelnen Muskel, den sie anspannte. In einer fließenden Bewegung drehte sie ihre Hände elegant wie Schlangenköpfe von sich weg. Ihre Arme wanden sich hinterher. Ich musste schnell sein, um mit einigen gezielten Strichen diese Szene einzufangen.

Dann drehte sie sich herum, hob ihr linkes Bein, ließ sich fallen und von ihren Händen geschickt abfangen. Die rapiden Bewegungsabläufe nahmen mit der Steigerung des Tempos zu. Ihre Bauchmuskeln zuckten. Ein ausgestrecktes Bein beschrieb einen Halbkreis, während sie sich auf ihren Handflächen sanft auf den Rücken gleiten ließ. Die Miene meines Stifts brach.

Sie legte ihren Kopf in den Nacken, um ihn gleich darauf nach vorne schnellen zu lassen. Ihr ganzer Körper folgte. Der Bass bebte. Plötzlich stand sie direkt vor mir. Ihr Gesicht war meinen so nah, dass ich das Gefühl hatte, unsere Nasenspitzen würden sich gleich berühren. Das Crescendo setzte ein. Aus dem Augenwinkel konnte ich sehen, wie sie ihr Bein anhob. Doch ich war zu sehr in ihre Augen vertieft, um mich zu rühren. In einer eleganten Bewegung legte sie ihren Unterschenkel auf meiner Schulter ab. Ich spürte das Zittern ihrer Anspannung.

„Das war es doch, was du wolltest, oder?" Schockiert riss ich meine Augen weit auf. Ich stieß ihr Bein von mir weg und fuhr vom Stuhl auf.

„Was zum Teufel?" Sie ließ sich gekonnt nach hinten fallen und begann zu lachen. Ich verstand nicht, was hier passierte. War das ein Streich meiner Dozentin?

„Du erinnerst dich wirklich nicht mehr." Beschämt konnte ich sie nicht direkt ansehen. Mein Blick heftete sich auf unsere Spiegelbilder. Langsam erhob sie sich hinter mir, um den CD-Spieler auszuschalten. Vorsichtig näherte sie sich mir mit vor der Brust verschränkten Armen. Wir betrachteten beide unsere Reflexion.

„Nicht jeder bekommt einfach so ein Stipendium, Wunderkind. Andere müssen hart für ihren Platz hier arbeiten." Kopfschüttelnd sah ich ihr durch den Spiegel ins Gesicht. Seufzend ließ sie ihre Arme sinken. Etwas Versöhnliches trat auf ihre Züge.

„Ich will damit sagen, dass ich nebenbei in der Bar arbeite, in die du getorkelt bist, vor deinem Einbruch. Kannst du dich noch an deinen abfälligen Kommentar über Tänzerinnen erinnern?" Zähnefletschend ballte ich meine Hände zu Fäusten. Die Situation wurde immer unangenehmer. Sie war hingegen plötzlich sehr belustigt.

„Dann wolltest du mich mit einer Zeichnung bezahlen. Der Türsteher hat dich sofort rausgeschmissen. Aber ich habe das Bild noch." Ich rieb mir die Augen mit Daumen und Zeigefinger. Langsam kehrten meine Erinnerungen an diese peinliche Situation zurück. Diese Nacht sollte mich bis an mein Lebensende verfolgen. War es Zufall, dass sie heute mein Modell war? Es musste ein übler Scherz sein.

„Ich habe mich freiwillig hierfür gemeldet." Vorsichtig sah ich zu ihr. Obwohl es meinem Ego schmeichelte, dass sie meine Zeichnung noch besaß, wurde mein Gewissen dadurch nicht besser. Benommen wandte ich mich von ihr ab und begann damit, meine Sachen einzusammeln. Diese Aufgabe musste ich auch ohne ihre Hilfe zum Ende bringen können. Plötzlich spürte ich ihre Hand auf meinem Arm. Sie fühlte sich warm an. Ich war mir nicht sicher, ob diese Berührung unangenehm war oder nicht.

„Es tut mir leid. Das ist wohl nach hinten losgegangen." Langsam drehte ich mich zu ihr herum und sah ihr fest in die Augen. Irgendwie hatte ich diese Strafe verdient. Mit zusammengekniffenen Lippen sah ich auf meine Utensilien.

„Ich sollte mich wohl bei dir entschuldigen." Ein Lächeln trat auf ihr Gesicht. Kurz drückte sie meine Schulter und ließ ihre Hand wieder sinken.

„Wir haben noch etwas Arbeit vor uns, oder?" Mit einem Nicken setzte ich mich wieder auf meinen Stuhl. Sie drückte erneut mit ihrem großen Zeh auf den Knopf des CD-Players. Das Klavier setzte ein und wir begaben uns in unsere Positionen.

Leica I

Ich bin eine Leica I, Baujahr 1926 und stehe in einem lichtdurchfluteten Raum hinter Glas. Unzählige Gesichter zogen an meiner durchsichtigen Behausung vorbei. Keines davon sollte ich jemals fotografieren.

Die Manufaktur habe ich in einem dunklen, beengenden Karton verlassen. Doch ich lagerte nicht lange und fand mein Heim auf einem selbstgebauten Stativ in einer Dachkammer. Das Licht hier war oft verschieden und vieles lag im Schatten. Im Winter halfen Gaslampen sowie ein warmer Ofen der dichten Decke aus Schnee auf der Fensterluke zu trotzen. Ich sorgte mich, da das dämmrige Licht meine Bilder unkenntlich werden ließ. Aber ich lernte schnell, dass hier der Wert auf dem Verborgenen lag.

Die geschickten Hände, die auch das Stativ gebaut hatten, wussten mit meinen Reglern umzugehen. Sanft legten sie sich an die Linse und drehten bedacht an ihr. Die Schärfe, die Tiefe und alle schönen Winkel fing ich prächtig ein. Wohlig nahm ich wahr, wie ein kluger Geist mir alles entlocken konnte, was er sich erdachte.

Dieser kluge Geist gehörte dem Herrn Kunze. Er hatte seinen Namen in das Stativ geschnitzt: M. Kunze, Kummerweg XX. Hier gingen viele Seelen ein und aus, die Herr Kunze auf meinen Film bannte.

Einmal nahm Herr Kunze eine besondere Madame mit in die Dachkammer. Ganz aufgeregt war sie, als sie vor mich trat. Erst erkannte ich kaum etwas von ihr, da sie einen langen Wintermantel und einen großen Hut trug. Doch die Winterkleidung legte sie schnell auf das Bett hinter mir, das ich nur selten sah.

Schnell trat sie wieder vor meine Linse. Ihr Kleid war elegant, eng und dunkelgrün. Anstatt eines Schals hatte sie sich eine Federboa um den Hals gewickelt. Ihre Nägel waren rot, maniküt und das Gesicht ordentlich, nicht übermäßig geschminkt. Die Kleidung, die sie trug, wählte sie bedacht. Das gefiel dem Herrn Kunze. Mit ihrer Erscheinung zeigte und verbarg sie zugleich etwas. Sie war ganz bezaubernd von der Ferne und ein Geheimnis aus der Nähe.

Doch für Portraits in ihren Kleidern war die Madame nicht mit dem Herrn Kunze in seine dunkle Dachkammer mitgegangen. Er sprach sie am Bahnhof an; fand bewundernde Worte für ihre Gestalt. Die Madame war hingegen froh, nicht mit einem der leeren Herzen mitgehen zu müssen, die sie sonst in das Astoria begleitete. Sie sahen etwas anderes in ihr und nicht das, was sie war. Nur für das, was sie von ihr wollten, wurde sie mitgenommen.

Heute war Herr Kunze dran. Jedoch nahm er sie mit, weil er sie erkannte. In ihr sah er einen Teil von sich.

Herr Kunze bot ihr Geld, aber ihr tat schon die Wärme gut. Zumindest sagte sie das süffisant und entledigte sich im warmen Schein des Ofens ihres Kleides. In ihrer Spitzenunterwäsche nahm sie auf der grünen Chaiselongue ihren Platz ein. Herr Kunze trat zu mir. Sie entkleidete sich weiter. Allein die Federboa blieb. Mit einem gelösten Lächeln begann sie zu posieren.

Es war anders als vor den leeren Herzen. Die Madame fühlte sich freier und mehr bei sich. Herr Kunze war erfreut. Das konnte sich nur positiv auf die Bilder auswirken. Mein Auslöser klickte munter, obwohl ich mich nur als Zuschauer verstand. Bei diesem Spiel nahm ich ausschließlich wahr und hielt fest, was später ganz gelöst von mir, von diesem Ort, eine eigene Bestimmung fand.

Die Madame wusste, wie sie ihren Körper auf der Chaiselongue positionierte. Flache Brüste wurden herausgedrückt und angewinkelte Beine geschickt platziert. Ihre Federboa bedeckte alles, was allein die Fantasie erkennen sollte, wenn sie es denn konnte. Vermochte sie es nicht, blieb der süße Schein. Diesen galt es zu entlocken, nicht nur zu bewahren. Herr Kunze war ein Meister auf diesem Gebiet. Das war auch der Madame nicht entgangen.

Sie winkte ihn zu sich, um ihr Lob auszusprechen. Er zögerte nicht. Das leichte Zittern in seinen Fingern hatte mir seine süße Entzückung verraten. Die Madame gefiel ihm nicht nur als Motiv. Der ganze Mensch war für ihn ein Zauber. Das war er auch für sie.

Die Madame machte Platz, damit sich Herr Kunze neben sie setzen konnte. Seine Finger nestelten bereits am Kragenknopf seines ordentlich gestärkten Hemdes. Die Hosenträger glitten von seinen Schultern und er fuhr sich noch einmal über das streng mit der Pomade zurückgekämmte Haar. Unter einer Decke aus Komplimenten betteten sie sich, während auch er sich bis auf die nackte Haut auszog. Seinen runden, weichen

Körper schob er behutsam neben ihren. Entzückt nahm sie seine ausladende Brust mit beiden Händen in Empfang. Seine geschickten Finger streichelten die Erregung zwischen ihren Beinen, die sich ihm entgegen reckte. Zwei Körper berührten zärtlich, was sie an sich selbst vermissten. Ganz nahe wollten sie dem sein, wovon sie sonst nur träumten. Hier sollte sie nur noch ein Präservativ voneinander trennen. Geübt zog es Herr Kunze über. Schließlich legte er seine Beine um die Madame, damit er sie fest und sicher halten konnte, als ihre Erregung in ihn drang.

Herr Kunze bewegte sich gekonnt in einem feinen Rhythmus auf ihr. Sie konnte sich ganz fallen lassen und genoss jeden Schauer, den er ihr entlockte. Zitternd keuchten ihre Stimmen Worte voller Zuneigung. Dann wurde der Ton zu einem Beben, das sie ganz ergriff, bis sie sich erschöpft ineinander krallten. Hingerissen voneinander schlangen sie die Arme um die Körper, die ganz verschmolzen waren. Ein Bild, das mir verloren ging, weil kein Mensch es schoss. Sie sollten es allein in ihrer Erinnerung mit sich tragen.

Als die Madame ging, kamen neue Gesichter. Schöne, spannende Körper traten vor meine Linse, zogen sich aus oder blieben bekleidet. Manchmal legten sie sich alleine, manchmal mit anderen hin. In einigen Momenten kam auch Herr Kunze hinzu und bewunderte die Modelle aus der Nähe. Seine geschickten Hände nahmen auf, was sich vor seinen Augen und meiner Linse verbarg.

Eines Tages kamen unerwartet andere Hände, die mich packten. Sie waren grob und rau. Ich wurde achtlos in eine Kiste geworfen. Um mich wurde es dunkel und meine Reise dauerte lang. Ich fühlte nur das Poltern, als ich von Ort zu Ort gelangte. Keinen durfte ich bewundern. An einem blieb ich schließlich länger, bis der Deckel meiner Kiste geöffnet wurde. Zwei samtige Hände hoben mich andächtig aus meinem Gefängnis in ein grelles Licht. Bewundernd wurde ich hin und her gedreht, um von allen Seiten begutachtet zu werden. Mein Film wurde entnommen, aber kein neuer eingelegt. Dafür wurde ich herausgeputzt, wieder mit meinem Stativ vereint und in diesen Kasten aus Glas in einen ganz hellen Raum gestellt. Unzählige Gesichter begannen herbeizuströmen. Keines gelang durch mich auf einen Film und kein Mensch sollte jemals wieder mit mir fotografieren. Es waren immer nur seine geschickten Hände gewesen. Ich war für immer Herrn Kunzes Leica I.

Der Otter und die Schlange

Eitel putzte der Otter sein Fell am Fluss. Der Glanz machte ihn stolz, denn er liebte alles, was glänzte. Er liebte die schimmernden Steine im Flussufer, das Lichtspiel der Sonne auf der Wasseroberfläche und sein Fell. Glücklich ließ er sich in die Strömung hinab. Sie trug ihn weit und immer weiter. Fische schwammen unter ihm entlang. Vögel streiften mit ihren Flügeln fast seine Schnauze. Andere Otter kamen näher, begleiteten ihn eine Weile verspielt in den Wellen und glitten wieder davon.

Lange konnte er sich einfach treiben lassen. Die Wolken zogen über ihn hinweg. Sie erzählten ihm Geschichten aus den Ländern, aus denen sie kamen. Wurde er müde, schwamm er zurück an das Ufer, suchte nach einem schönen Stein und trug ihn glücklich ins Schilf. Seine Nester baute er nur für eine Nacht. Lange hielt er es nicht an einem Ort aus. Die Neugier war zu groß. Was lag hinter der nächsten Gabelung des Flusses? Spekulieren wollte er nicht. Er musste es wissen. Es gab mit Sicherheit immer einen noch schöneren Stein oder einen lustigeren Otter flussabwärts.

Ganz zufrieden streckte er sich in seinem Nest und schlief ein. Er träumte von den Wolken und den fernen Ländern, den Ottern und den Steinen. Den größten Fisch fing er in seiner Fantasie und es schmeckte ihm dann besonders gut, wenn er friedlich schlummern konnte. Am Morgen erwachte er jedes Mal mit dem aufregenden Gedanken, an genau diesem Tag etwas zu

finden, was ganz besonders in der Sonne glänzen konnte. Und an einem Tag, der vielleicht besonders oder
ganz gewöhnlich war, bemerkte er auf seinem Streifzug
etwas Ungewöhnliches. Es lag ganz verkrümmt auf
einem Stein. Vom Weiten sah es aus wie ein Stock.
Doch es zitterte für einen Augenblick. War es ein
Wurm?

Der Otter kam näher und stellte mit Erstaunen fest,
dass die Sonne den Wurm-Stock in allen Regenbogen-
farben schimmern ließ. Als sich das verkrümmte Wesen
erneut bewegte, wurde es plötzlich ganz schwarz. Verwundert schlich der Otter an den Stein. Er konnte nicht
anders und streckte vorsichtig seine Pfote aus. Seine
Kralle berührte den Wurm-Stock kaum, da rollte er sich
geschwind zusammen. Überrascht blinzelte der Otter.
Zwei dunkle Augen blinzelten zurück.

Ein leises Zischen erklang. War der Wurm-Stock ver-
ärgert? Der Otter legte seinen Kopf schief und sah ganz
betreten aus. Aber das glänzende Ding bewegte sich
nicht mehr. Es sah ihn einfach nur an. Wäre es unhöf-
lich, einfach davonzueilen? Mit Sicherheit, dachte der
Otter und stellte sich ihm vor.

Der Wurm-Stock hob seinen Kopf. Eine lange Zunge
kroch aus seinem Maul, bewegte sich wie ein noch kleiner Ast vor der Schnauze des Otters und verschwand.
Empört stemmte der Otter seine Pfoten ins Fell. Was
sollte das? Warum sagte das Ding nichts? Einge-
schnappt reckte der Otter seinen Kopf nach oben, da
machte der Wurm-Stock wieder ein Geräusch. Das
klang anders. War das ein Lachen?

Das Ding baute sich auf dem Stein auf. Wieder ließ die Sonne es wie einen Regenbogen schimmern. Der Otter war ganz entzückt. Aber er traute sich nicht, seine Pfote erneut auszustrecken.

Eine Schlange, stellte sich der Wurm-Stock vor. Eine Viper, die sich in der Sonne wärmte, um sich auf den Tag vorzubereiten. Am Fluss gab es fette Ratten, auf die sie ein Auge geworfen hatte.

Erfreut klatschte der Otter in seine Pfoten. So ein Tier hatte er noch nie gesehen. Es sah ganz anders aus als die Fische, die Otter und die Vögel. Die Schlange glänzte viel schöner als die Steine. Alle Farben, die der Otter mochte, spiegelten sich auf ihr wider.

Das sind Schuppen, meinte die Schlange. Sie sind ganz hart und glatt. Natürlich durfte der Otter sie anfassen. Er war ganz überrascht, dass sie wirklich ganz hart waren. Sie fühlten sich genauso glatt und schön an wie die Steine im Flussufer. Das Fell des Otters war im Gegensatz zu den Schuppen ganz weich. Er war viel weicher als das der dicken Ratten.

Ganz aufgeregt streckte der Otter seine Ärmchen aus und zeigte seine scharfen Krallen. Die Schlange musterte sie genau. Damit ließ es sich ausgezeichnet jagen, meinte er. Kokett hob er seine Nase in die Luft und die Viper machte wieder ein amüsiertes Geräusch. Wie anders es klang.

Die Schlange jagte auch, aber der Otter war ganz verwirrt. Sie hatte keine Klauen. Da waren nicht einmal Arme oder Beine. Wie stellte sie das an? Da fletschte die Schlange plötzlich ihr Maul und zwei blitzende Giftzähne kamen zum Vorschein. Ihr Gesicht verzog sich zu einer grässlichen Fratze. Der Otter erschrak fürchterlich. Ungeschickt wich er zurück, stolperte über seine eigenen Pfoten und purzelte in den Fluss. Ehe er wusste, was passiert war, hatte ihn die Strömung davongetragen. Als er sich sammeln konnte, war er schon abgetrieben. Das durfte nicht sein! Die schöne Schlange war fort. Hektisch wollte der Otter wieder flussaufwärts schwimmen, aber die Strömung war zu stark. Er ließ sich treiben. Traurig zog er unter den Wolken, den Vögeln und über den Fischen davon.

Lange trieb er alleine durch das Wasser, dann kamen die anderen Otter wieder. Sie zupften an seinem Fell und seinem Schwanz. Zunächst wollte er nichts davon wissen. Er dachte an die schimmernden Schuppen der Schlange. Doch seine Erinnerungen wurden blasser. Sie verschwammen in seinem Geist und krochen nur selten in seine Träume.

Nach einer Weile sammelte er wieder die Steine am Flussufer und spielte mit den anderen Ottern. Den Blick in die Wolken gerichtet, träumte er von fernen Orten. Er jagte und baute sich seine Nester am Ufer des Flusses.

Die Ruhe hielt nur eine Weile. Eines Morgens erwachte der Otter von den panischen Lauten der anderen Tiere. Ein großes Feuer war im Wald in der Nähe des Flusses ausgebrochen. Nun musste alles ganz schnell gehen. Der Otter warf seine Steine weg und rannte das Ufer entlang. Immer weiter und weiter rannte er dem Lauf des Flusses entgegen. Das Feuer holte ihn fast ein. Mit letzter Kraft rettete er sich in den kühlen Schlamm. Das Glück war auf seiner Seite, und das Feuer zog an ihm vorbei. Mühselig hob er sich aus dem Schlamm. Alles war zerstört. Die Vögel waren fort und es war schrecklich still. Dicke Tränen kullerten in das verschmutzte Fell des Otters.

Aber er musste doch nicht weinen, hörte er eine Stimme neben sich zischen. Verdutzt sah er sich um. Luftblasen stiegen aus dem Schlamm auf. Aus den Blasen wurden zwei schwarze Augen. Ihnen folgte eine schuppige Nase und der Otter konnte nicht glauben, wen er da sah. Es war der Wurm-Stock! Es war die Schlange! Angestrengt versuchte sie sich aus dem Schlamm zu befreien. Der Otter erkannte ihre Not und zog sie beherzt aus der verheerenden Falle.

Wie furchtbar sie aussehen, grummelte das eitle Tier, das die Schlange ganz fest in den kleinen Ärmchen hielt. Der Schwanz der Viper zuckte. Sie mussten schnell ins Wasser. Konnte sie denn schwimmen, fragte sich der Otter.

Natürlich, versicherte die Schlange ihm mit einem amüsierten Zischen. Zaghaft ließen sich die Tiere in die Kühle des Wassers hinab. Sie putzten sich gründlich. Langsam zogen die Rauchwolken über ihnen davon. Die Sonne schien wieder auf sie herab und ließ alles um sie herum glitzern. Übermütig spritzte der Otter Wasser in die Luft. Die Schlange fing die Tropfen mit ihrer Zunge. Da hielt das tollkühne Tier inne und betrachtete lange die schuppige Schnauze seines Gegenübers. Zaghaft näherte er sich der Viper und nahm den Kopf behutsam zwischen seine Pfoten. Die Zähne wollte er noch einmal sehen. Dieses Mal erschrak er nicht, versprach der Otter. Die Schlange war sich nicht sicher. Ihre Zähne waren nicht nur spitz, sondern auch tödlich. Doch er beharrte darauf. Er musste ihre todbringenden Giftzähne ganz genau bewundern. Vorsichtig öffnete die Schlange ihr Maul. Staunend funkelten die Augen des Otters das feine Jagdwerkzeug an. So etwas hatte er noch nie gesehen. Ein entzückter Laut entfuhr ihm, während er den Kopf der Schlange behutsam zurück ins Wasser setzte.

Die Welt um sie herum wurde ruhiger und die Asche war kaum mehr von Bedeutung. Sie ließen sich einfach treiben. Der Fluss nahm sie mit. Irgendwann fanden sie einen Ort, den das Feuer verschont hatte. Sie bauten ein schützendes Nest, fingen eine fette Ratte und den größten Fisch, der im Fluss schwamm. Zusammen rollten sie sich in ihrem neuen Heim ein. Das weiche Fell wärmte die Schlange. Der Otter freute sich über die glänzenden Schuppen. Sie schliefen ein und träumten von den Wolken, die ihnen Geschichten von fernen Ländern erzählten.

Fruchtcocktail

Natürlich mussten sie mich feuern. Alle Abteilungen wurden ausgedünnt und natürlich traf es auch meine. Ich verstehe es nicht. Sparmaßnahmen. Profite. Marketingstrategien. Super Konzepte auf den teuren Whiteboards, an die sie ihre Diagramme werfen. Ich wurde von einem Haufen Zahlen vertrieben. Einem Haufen von Zahlen in der Form eines Tortendiagramms.

Mein Magen begann zu knurren. Die halbe Flasche Whiskey, aus dem untersten Regal im Supermarkt, konnte ihn nicht füllen. Er war genauso leer wie mein Blick. Seit Stunden starrte ich auf das Bild an meiner Wand. Die Symbiose mit meiner Couch habe ich vollständig abgeschlossen. Der Fernseher ist seit zwei Tagen aus. Wer hat schon Geld für einen Anschluss? Menschen, die Tortendiagramme entwerfen, haben sicherlich nicht dieses Problem. Sie sind finanziell besser aufgestellt und können sich den Whisky hinter der Glasscheibe leisten und müssen nicht auf Bilder starren, die sie aus dem Büro geklaut haben. Zwanzig Jahre hing dieses Bild gegenüber von meinem Schreibtisch. Ich werde auch zwanzig weitere Jahre darauf starren. Das können sie mir nicht nehmen.

Ich mochte dieses Bild nicht einmal. Es war eine Schale, gefüllt mit Obst. Die Früchte waren ganz gewöhnlich. Auch die Methode, mit der es gemalt wurde, hatte nichts Originelles. Da waren einfach nur Äpfel, Bananen und Trauben zusammengemixt zu einem Stillleben, das ein wenig Farbe in das graue Großraumbüro bringen sollte. Jetzt hing es an meiner Wand.

Ich hatte mir sehr viel Mühe gegeben das Bild gerade aufzuhängen. Dazu hatte ich sogar meinen Zollstock und die Wasserwaage aus meinem Kellerabteil gekramt. Sie waren staubig und voller Spinnweben. Zwei Nägel habe ich gebraucht. Gar nicht so einfach, ein Bild an die Wand zu bringen, wenn es kurz nach Mitternacht ist und mir jemand aus Mitleid in der Bar ein paar Schnäpse ausgegeben hat. Sie fühlten sich wohlig warm in meinen Eingeweiden an. Auch der Erfolg, dieses Bild einigermaßen gerade angebracht zu haben, erfüllte mich mit triumphierendem Stolz. Aber es wäre fast wieder vom Nagel gesprungen, als eine Faust wütend auf die andere Seite der Wand einschlug. Andere Leute mussten früh raus. Ich nicht mehr.

Der Stolz verschwand mit einem tiefen Seufzer. Zurück blieb ein angespanntes Gefühl in meiner Brust. Seit Wochen begleitete es mich. Das Gefühl legte sich wie Schleim um meine Organe und wanderte bis in meinen Kopf. Eine parasitäre Lebensform, dieses Elend. Es frisst sich an mir satt. Wieder knurrte mein Magen.

Grunzend stand ich von meiner Couch auf. Drei Anläufe brauchte ich, bis ich schwankend zum Stehen kam. Kurz wippte ich leicht hin und her. Als ich mich wieder stabilisiert hatte, stapfte ich vorsichtig zu meinem Kühlschrank. Auf meinem Weg blieb ich an einem Stuhl und dem Türrahmen hängen. Aber das konnte ich ignorieren. Was mich hingegen wie ein Schlag traf, war die Leere meines Kühlschranks. Wütend und enttäuscht verzerrte ich das Gesicht. Geräuschvoll schloss ich die Tür und schwankte ungelenk zu meiner Couch zurück.

Es war drei Uhr morgens. Die Supermärkte würden erst in ein paar Stunden öffnen. Bis dahin war ich sicherlich schon verhungert. Und vor die Tür wollte ich nicht. Da waren dann nur die Menschen, die vor der Arbeit noch schnell etwas besorgen wollten. Für sie musste ich ein abschreckender Anblick sein. Stinkend und unmotiviert, bis unter die Haarspitzen vollgesogen mit Alkohol. Ihnen würde sofort der Appetit vergehen. Dann hatten sie auch mehr Zeit, zu arbeiten. Ich lachte das erste Mal seit Tagen.

Wären sie fleißiger, nachdem sie mir begegnet sind? Würden sie voller Elan ihre Projekte umsetzen? Ihre Diagramme erstellen? Leute feuern, die nicht so motiviert sind wie sie? Wieder gab mein Magen ein lautes Murren von sich. Meine Augen fixierten die Früchte. Sie sahen saftig aus. Die kleinen detaillierten Wassertropfen, die ihre Frische andeuteten, machten mich neugierig. Als wären sie gerade erst abgewaschen und für den Verzehr angerichtet worden. Meine Fingernägel krallten sich in meine nackten Oberschenkel. Die Säure in meinem Magen verdichtete sich. Übelkeit kroch durch meine Speiseröhre. Ein tiefer Atemzug konnte Schlimmeres verhindern. Meine Augen fixierten die Früchte. Die Innenflächen meiner Hände wurden feucht. Zwanzig Jahre und alles, was mir blieb, ist dieses Bild.

Wütend, aber mit Vorsicht, stemmte ich mich auf meine Füße. Mein Stand war unsicher. Wie ein unruhiges Pendel schwankte ich hin und her. Als ich mich sicher genug fühlte, ging ich zögerlich ein paar Schritte auf das Bild zu. Wer malt solche realistischen Früchte? Hungrige Masochisten? Ich fletschte die Zähne. Das Bild machte mich wahnsinnig.

Mit einem animalischen Schrei stürmte ich den letzten Meter auf die Leinwand zu, als wollte ich hineinspringen. Wie zu erwarten war, prallte ich jedoch davon ab. Das Geräusch meines Zusammenpralls mit dem Rahmen war dumpf. Kopfschüttelnd strauchelte ich mit geschlossenen Augen zurück. Dann hörte ich einen zweiten Schlag. Verwirrt sah ich mich um. Der Rahmen hing noch an der Wand. Das war seltsam. Und da war noch etwas. Irgendwas war anders. Erst konnte ich es nicht greifen, dann wurde es mir mit einem größer werdenden Unbehagen bewusst. Die Übelkeit war mit einem Schlag wieder da, sowie ein nüchternes Gefühl. Ich konnte fühlen, wie das Blut aus meinem Gesicht wich und ich immer blasser wurde. Vor meinen Füßen lag eine Banane.

Langsam sah ich auf und betrachtete jede Einzelheit des Bildes. Es waren immer vier Bananen, drei Äpfel und acht Weintrauben. Ich zählte das Obst durch. Die Anzahl stimmte. Wo kam die fünfte Banane her? Ich traute mich nicht, mich zu bücken und sie einfach aufzuheben. Seit Wochen hatte ich kein Obst gekauft. Sie hätte braun und matschig sein müssen. Aber sie war gelb und frisch. An ihren Enden könnte ich sogar einen grünen Schimmer erkennen. Langsam klappte mein Mund auf. Die Banane musste aus dem Bild gefallen sein.

Vorsichtig hob ich meine Hand. Kurz bevor meine Fingerspitzen die Leinwand berührten, hielt ich inne. Es ist nur ein Bild, oder? Nach einem tiefen Atemzug fasste ich Mut und presste meine Handfläche gegen die Farbe. Die Oberfläche fühlte sich weich an. Ich verstand nicht viel von der Malerei, aber ich hatte eine raue, strukturierte Oberfläche erwartet. Hier konnten meine Finger einsinken. Schnell zog ich sie zurück. Für einen kurzen Augenblick hatte ich kleine Kuhlen auf der Leinwand hinterlassen. Sie ebneten sich jedoch schnell wieder. Das war seltsam.

Meine Augen wanderten zurück zu der Banane zu meinen Füßen. Endlich überwand ich mich und hob sie auf. Sie fühlte sich normal an. Andächtig schälte ich sie. Auch unter der Schale sah alles normal aus. Und ich wusste nicht, ob es meine Neugier oder mein ansteigender Hunger waren, aber ich biss schließlich hinein. Auch der Geschmack war nicht außergewöhnlich. Sie hätte ein wenig reifer sein können, aber das war zweitrangig.

Kauend betrachtete ich das Obst vor mir. Ich sollte es einfach wagen. Entschlossen streckte ich meine Hand aus und griff in das Bild. Die Barriere war problemlos durchdrungen. Ich griff mir einen Apfel und zog ihn einfach aus dem Bild heraus. Für einen kurzen Augenblick war die Stelle leer. Dann bildete sich eben dort ein neuer Apfel. Ich begann zu lachen. Das war bizarr. Wie war das möglich? Und die noch viel wichtigere Frage war: Konnte ich das auch mit anderen Bildern? War das eine bestimmte Macht oder verlor ich doch meinen Verstand? Das Obst fühlte sich echt an. Ich brauchte mehr Bilder.

Nach ein paar Stunden Schlaf und einer sehr kalten Dusche, verließ ich das Haus. Die Sonne brannte in meinen Augen. Tagsüber war ich kaum noch auf der Straße unterwegs. Ich versteckte mich lieber. Jetzt hatte ich einen neuen Antrieb. Ich lief zu einem Ramschladen. Dort konnte ich mir eventuell ein Bild leisten. Tatsächlich fand ich recht schnell ein wirklich abscheuliches Bild, aber darauf befand sich der Gegenstand, den ich am meisten begehrte. Es war ein Geldbündel, was von einem Schwein mit Zylinder und Zigarre gehalten wurde. Wie geschmacklos. Aber es erfüllte seinen Zweck. Ich sah auf den Preis und zuckte zusammen. Sie wollten immer noch mehr Geld für dieses Ding haben, als ich dabei hatte. Ich sah mich um. Niemand war in meiner Nähe. Sollte mein Vorhaben gelingen, würde ich nie wieder zu diesem Laden kommen müssen. Also griff ich das Bild, ohne weiter über meine Handlung nachzudenken, und rannte hinaus. Ich hörte noch die Glocke an der Tür. Aber niemand schien sich die Mühe zu machen, mir nachzulaufen. Sie würden sich wundern, warum gerade dieses hässliche Bild gestohlen wurde.

Als ich wieder in meiner Wohnung war, hing ich die Früchte ab und das Schwein an die Wand. Ich stemmte die Hände in die Hüften und betrachtete das Bild eindringlich. Zweifel überkamen mich. Wie peinlich es wäre, wenn nichts passierte. Ich schloss die Augen, hob die Hand und drückte meine Fingerspitzen gegen die Leinwand. Mir entfuhr ein leiser Schrei, als sie nachgab. Wenige schwere Atemzüge später hielt ich ein Bündel Geld in meiner Hand. Ich war so überrascht, dass mir erst nach meinem Freudentanz der Gedanke kam, die Währung zu überprüfen. Sie stimmte. Dieses Mal wurde mir schlecht vor Freude. Das war es. Ich hatte es geschafft.

All die Jahre der Entbehrung und harter, undankbarer Arbeit zahlten sich aus. Ich war reich. Und diesen Reichtum stellte ich nur zu gerne zur Schau.

Mein Leben änderte sich radikal. Das ganze Geld, das ich aus der Wand holte, investierte ich. Ich kaufte mir das Haus meiner Träume, stellte ein teures Auto davor und lebte endlich so, wie es mir zustand. Zumindest dachte ich das.

Eines Tages stand ich zähneknirschend aus meinem weichen, luxuriösen Bett auf. Ich stapfte in die ausladende Küche, würdigte die Menschen, die meinen Haushalt führten, mit keinem Blick und fraß meinen Frust in mich hinein. Ich dachte, dass diese Zeit der wohligen Gefühle vorbei war. Wütend stampfte ich auf den Boden. Wie ein eingesperrtes Tier lief ich in meinem Haus auf uns ab. Ich hasste das. Ich hasste mich.

Während ich unruhig durch die Flure wanderte, fiel mein Blick auf ein Bild, das ich mir vor einiger Zeit gekauft hatte. Mein Interesse für die Kunst ist seit meiner Entdeckung gestiegen. Das Schweinebild verstaute ich mittlerweile in meinem Safe. Niemand wusste davon. Wer hätte schon verstanden, warum ich diese Abscheulichkeit sicher verwahren wollte?

In meinem ganzen Haus hatte ich mittlerweile Bilder verteilt. Achtlos lief ich an ihnen vorbei, bis ich vor einem stand, das eher wahrer Kunst zugeordnet werden konnte. Darauf lag eine nackte Gestalt, eingehüllt in durchscheinende Tücher. Weiche Formen versteckten sich unter zarten Stoffen.

Da wurde es mir bewusst. Es war eine Ewigkeit her, dass mich ein anderer Mensch berührte. Und damit meinte ich nicht die Befriedigung meiner puren Gelüste, die durch mein Geld und den damit einhergehenden Status erleichtert wurde. Seit Jahren hatte mich nichts mehr unter meiner Oberfläche berührt. Alt und hässlich war ich geworden. Mein Leben war nicht einfach, dann begann ich es zu verschwenden. Spiegel konnten lügen. Vor allem nach den teuren Eingriffen, die meinen Zerfall verzögerten. Aber keine Operation konnte den Ekel und die Schmerzen entfernen, die sich in mir fest gebissen hatten. Es war der Schleim, der sich auf meine Eingeweide gelegt hatte. Ich war eine Kreatur. Wie könnte mich eine so schöne Gestalt lieben? Durfte ich sie berühren?

Zögerlich hob ich meine Hand. Vorsichtig, fast schon andächtig, bewegte ich sie auf die Leinwand zu. Meine Fingerspitzen berührten die Oberfläche und ich spürte einen Widerstand. Ich erhöhte den Druck, aber nichts passierte. Jeder Stoß gegen die Leinwand wurde verzweifelter. Tränen stiegen in meine Augen. Ächzend ließ ich die Hand sinken und wankte ein paar Schritte zurück. Ich schwitzte. Übelkeit stieg meine Kehle hinauf. Die ersten Tränen flossen über meine Wangen. Ich hatte alles, aber keinen Weg aus meiner Einsamkeit. Wäre ich nur bei den Früchten geblieben. Meine Beine gaben nach und ich brach weinend vor dem Bild zusammen. Schluchzend vergrub ich mein Gesicht in den Händen. Es war aussichtslos. Ich hatte nur einen anderen Weg gefunden, meine Zeit zu verschwenden. Am Ende blieb mir nur die Leere.

Als ich mich an meinem tiefsten Punkt befand, spürte ich plötzlich eine Hand auf meiner Schulter. Ich riss die Augen auf und sah in ein wunderschönes Gesicht. Ein warmes Lächeln tröstete mich. Das Bild an der Wand war leer.

Museumsmuse

Sie stand ganz still und zaghaft vor einer der kleineren Leinwände in der großen Halle. Die Ströme der Besuchenden zogen an ihr vorbei, blieben jedoch kurzweilig stehen, um sie und nicht das Bild zu betrachten. In einigem Abstand versteckte ich mich hinter einer Statue aus Marmor. Eine Weile verging, in der sie sich das Bild bis in das letzte Detail ansah, ehe sie weiterzog. Zwar wollte ich sie nicht aus den Augen verlieren, aber es zog mich zunächst zu dem Gemälde, das sie so fasziniert hatte. Es war ein Garten, schlicht und doch voller Blumen. Welcher Eindruck hielt fest? Vielleicht war es ein Gefühl oder eine Ahnung, vielleicht ein Geheimnis. Mich konnte das Bild nicht fesseln. Unruhig zog es mich von ihm weg, denn ich musste ihr folgen.

Im nächsten Raum, der wesentlich kleiner war, fand ich sie glücklicherweise rasch wieder. Obwohl sich viele Menschen hier drängten, strahlte sie deutlich aus ihnen hervor. Insektengleich folgte ich ihrem Schein, der wie die Flammen eines Scheiterhaufens brannte. Wäre sie wirklich ein wandelndes Feuer, würden lachende Kinder um sie herumspringen und Liebende in ihrer Wärme Zuflucht suchen. Was ich wohl finden würde, wenn ich dieser Hitze nicht widerstand?

Erneut verharrte sie vor einem Gemälde, das dieses Mal eine junge Frau zeigte, die auch schön war. Neugierig musterte sie jede Kleiderfalte und Haarsträhne der Gemalten. Es war ein intimer Moment, in dem sich ihre Gedanken im Angesicht des Bildes zu entblößen schienen. Die Regungen in ihrem Gesicht zuckten zu einem Lächeln, obwohl sich die Stirn in Falten legte.

War es Neid oder Verlangen? Kühn malte ich mir aus, was wohl zutreffen könnte. Sehnsuchtsvoll beugte sie sich fast schon zu nahe an die Leinwand heran, aber hielt sich noch zurück. Wie ein Kuss in der Schwebe, der nicht erwidert werden darf. Der Wunsch, meine Lippen als Trost in dieser verzwickten Situation anzubieten, drängte sich mir zu dicht auf. Er kitzelte in meinem Nacken.

Zu meinem Glück ließ sie von dem Bild ab. Weiter ging es mit schnellen Schritten. Die Massen schien es nicht in den darauffolgenden Raum zu ziehen. Um uns wurde es leiser, beinahe geräuschlos. Ausgestellt wurden Gebäudezeichnungen, die an diesem Tag kein großes Publikum anzogen. Aber sie nickte jeder einzelnen der Zeichnungen anerkennend zu. Also tat ich es ihr nach. Fast verbeugte ich mich vor der Skizze einer unvollständigen Kirche. Ein Wasserspeier sah mir amüsiert zu. Soll er doch denken, was er will.

Weiter ging es zu Wandgemälden antiker Ruinen, die uns umschlossen. Wehmütig schweifte ihr Blick über sie. Eine Hand, zaghaft ausgestreckt, die einige Ranken von den bröckelnden Steinen entfernen wollte, wurde nach kurzem Zögern wieder zurückgezogen. Ihre Fingerspitzen führte sie stattdessen zum Mund, als wollte sie das Beben ihrer Lippen unterdrücken. Eine einzelne Träne wagte es, sich aus ihrem Augenwinkel zu lösen. Glitzernd rann sie über ihre Wange und verschwand im Nichts. Gerührt baute ich mich andächtig hinter ihr auf.

Waren es Erinnerungen an eine alte Heimat? Kindheitstage, verbracht zwischen diesen Mauern, bevor sie in sich sackten. Das Alter ruhte zu lange auf ihnen. Der Halt glitt davon. Die eigene Vergänglichkeit rückt in das Bewusstsein. Manche Schönheit versteht sich mehr im Augenblick. Sie schloss die Lider, hielt inne und eilte davon.

Wir kamen zu einem Chaos aus Strichen und Farbfetzen, die uns mit einem grellen Lachen begrüßten. Nichts ergab Sinn. Doch etwas Magisches geschah, als sie ihren Weg von Bild zu Bild, Eindruck zu Eindruck fortsetzte. Mit dem bloßen Auge kaum sichtbar, aber ich fühlte es deutlich, nahm sie die Farben, Striche und Wesenhaftigkeit der Werke in sich auf. Die Linien schienen ihr freudig zu folgen, bezirzten sie oder spielten mit ihren Konturen. Geduldig ließ sie dieses Spiel zu. Ihre Hände glitten durch die Fäden, die begannen sie einzuweben. Besorgt ging ich zwei Schritte zu schnell, streckte meinen Arm aus, um den entstehenden Kokon zu zerreißen.

Mit dem Tritt über die Schwelle des Raumes, fielen alle Stränge von ihr ab. Zitternd zogen sie sich voller Unglauben halb zurück, ehe sie auf mich aufmerksam wurden. Nur schien an mir nichts zu sein, was ihre Sehnsucht stillte. Meine wurde hingegen größer. Zu gerne hätte ich mich in Farben und Striche konturlos aufgelöst, um mich ihr zu nähern, damit ich ebenfalls über ihre Grenzen streifen konnte. Zwischen uns lag zu viel Leere, die ich füllen wollte.

Wir betraten den letzten Raum, hinter dem ich die große Halle erneut erspähen konnte. Gefüllt war er mit wenig, aber so konnte uns nichts von dem Gemälde der nackten Frau ablenken, die zusammengekauert auf uns wartete, ein Auge über ihr Knie direkt an uns gewandt. Ihre Haare waren zerzaust, obwohl sie versucht hatte, sie zu einem Zopf zu bändigen, lange bevor sie sich in diese Pose begab. Nun hatten sich Strähnen gelöst, die einsam von ihrem Kopf abstanden. Ich war gefesselt von ihrem strahlenden Blick, der voller Trotz und Mut die Menschen im Raum taxierte. Ergriffen fasste ich an meine Brust, damit ich spüren konnte, dass mein Herz noch schlug. Ich hatte Angst, meine Hand wieder sinken zu lassen.

Sie war jedoch nicht ehrfürchtig mit einigem Abstand stehen geblieben, wie ich, sondern ging mit festem Schritt auf das Gemälde zu, breitete die Arme seitlich aus und ließ sie langsam wieder sinken. Sie begrüßten sich nicht zum ersten Mal. Beide waren einander vertraut. Langsam wagte ich es, näher an sie heranzutreten. Ich wusste nicht, was mich stärker bannte. Sie, die inzwischen in greifbarer Nähe vor mir stand, oder die Frau auf dem Bild, die mich mahnte, den Abstand zu wahren. Der Kontrast drückte sich unter meine Haut. Eingeschüchtert schob ich mich vorsichtig weiter, bis ich schließlich neben ihr, aber eigentlich zwischen ihnen stand. Da waren zwei Seiten einer tiefen Empfindung. Mit einem Lächeln begrüßte sie mich. Ich nickte nur und folgte ihrem Blick, der wieder zu dem Gemälde wanderte. Unvermeidbar wurde mir etwas bewusst, als ich mich von ihrem Gesicht abwendete, um in das intensiv starrende Auge zu sehen. Das war sie.

Sie ist der Wunsch, die Sehnsucht, die Farbe und Endlichkeit. Das Ende einer Suche, die mir zufällig begegnete. Eine Stimme, die mit neuem Klang etwas Vertrautes in mir anstimmte: „Hallo, du.“

Der Marienkäfer

Vorsichtig trete ich einen Schritt näher an die Wand. Ein Marienkäfer hat sich vor dem kalten Winter in unseren Hausflur geflüchtet. Ich beobachte die kleinen, unkoordinierten Schritte über den Beton. Erst sind es zaghafte Halbkreise, dann ein Viereck. Hin und her. Bis der Käfer übermütig wird, im Zickzack über die kahle Wand eilt und fällt.

Ich gehe in die Hocke, ohne das Tier aus den Augen zu lassen. Die Beinchen sind in die Luft gereckt und strampeln aufgeregt. Langsam bewege ich meinen Zeigefinger auf die Beinchen zu. Sie klammern sich an mich, doch er fällt wieder, als ich ihn anhebe. Verdammter Marienkäfer.

Nach drei Versuchen ist er gerettet. Schnell rennt er über den Boden, direkt auf die Wand zu, die er gleich wieder erklimmen will. Ich zucke mit den Schultern und sehe auf die Uhr. Der Käfer hat es gut. Er kann sich hier im Warmen, wo die Heizungsrohre den grauen Beton aufheizen, den ganzen Tag aufhalten. Mir bleiben nur drei Sekunden, um durch zwei Türen in den kalten Morgen zu treten. Ich darf nur nicht darüber nachdenken, bilde ich mir ein. Hastig springe ich die Treppen vor der Haustür nach unten, trete auf eine gefrorene Pfütze, rutschte aus und falle.

Schockiert von meinem Sturz, springe ich sofort wieder auf. Gehetzt sehe ich mich um. Schulkinder gehen einige Meter von mir entfernt über den Zebrastreifen. Nur eines hat meinen Fall bemerkt. Kurz dreht es sich um, aber ich stehe schnell wieder auf den Beinen. Es gibt keinen Grund zur Sorge.

Peinlich berührt reibe ich mir den Hintern. Die rote Farbe in meinem Gesicht ist jedoch auch ein wenig der Kälte geschuldet. Mir bleiben nur wenige Minuten, damit ich die Haltestelle rechtzeitig erreiche. Bei der Arbeit habe ich noch genug Zeit, um mich über meine eigene Ungeschicklichkeit zu ärgern. Jetzt muss es schnell gehen. Verdammter Marienkäfer.

Dem habe ich noch auf die Beine geholfen. Dann lag ich selber da. Hoffentlich war ihm sein Sturz genauso peinlich. An seiner Stelle wäre ich im Boden versunken. Doch darüber kann ich mir später noch Gedanken machen. In der Ferne sehe ich schon das Wartehäuschen der Haltestelle. Die Anzeige kann ich aus der Entfernung nicht lesen. Sollte ich es noch schaffen?

Nein, war die Antwort der Bahn, die vor mir davonfährt. Mein Schritttempo verlangsamt sich. Das Adrenalin bleibt. Eine Dunstwolke warmen Atems steigt aus meiner Nase. Verdammter Marienkäfer. Er hat es bequem.

Ich lasse mich auf die kalte Metallbank neben der Haltestelle fallen. Meine Hände schiebe ich tief in die Jackentaschen; mein Gesicht verschwindet halb in meinem Schal. Die Anzeige über dem Wartehäuschen blinkt kurz und wird schwarz. Das ist kein gutes Zeichen. Ein paar Sekunden vergehen, dann wird eine Laufschrift übertragen. Es gibt eine Havarie, die Bahnen werden umgeleitet. Meine nächste Bahn würde erst in einer halben Stunde hier sein. Verdammter Marienkäfer.

Ich grabe mein Kinn tiefer in den Schal und schließe die Augen. Die Kälte macht mich unruhig. Wo sind meine Handschuhe?

Die Bank vibriert mit einem Mal. Du setzt dich neben mich. Da ist dieser tiefe Seufzer. Ich öffne die Augen. Ich kenne dich seit einiger Zeit, aber nur von unseren Blicken. Am Horizont geht die Sonne langsam auf.

„Bei den ganzen Erdlöchern können wir bald eine U-Bahn bauen." Ich lächle. Du siehst auf von deinem Handybildschirm, den du mir dann vor das Gesicht hältst.

„Ein Erdloch. Mitten in der Straße. Vielleicht wieder ein Wasserrohrbruch? Hat sich vor einer halben Stunde einfach abgesenkt." Du schüttelst den Kopf.

„Dann sollten wir besser keine U-Bahn bauen, oder?" Du stimmst mir mit einem Kopfnicken zu. Dein Handybildschirm leuchtet wieder in dein Gesicht.

„Wer weiß, was wir damit für Probleme bekommen." Ich denke kurz über deine Worte nach. Meine Augen wandern wieder zum gelben Streifen am Horizont. Das Licht wirkt unwirklich.

„Vielleicht bekommen wir dann Riesenratten oder eine unterirdische Kultur erhebt sich zum Widerstand." Meine Worte fühlen sich pappig in meinem Mund an. Aber du lächelst.

„Klingt nicht sehr verlockend." Ich schüttle den Kopf. Wer weiß, welche Verspätungen das verursachen könnte.

„Aber ich habe vermutlich nur zu viele Filme gesehen."

„Hast du?" Ich nicke. Du drehst dich zu mir herum. In deinen Augen blitzt etwas. Deuten kann ich diesen Ausdruck nicht.

„Ich nicht." Dann habe ich wieder deinen Handybildschirm vor meiner Nase. Fragend wandern meine Augen von dem schwarzen Display mit meiner unvorteilhaften Spiegelung zu deinem Gesicht.

„Diese Bildungslücke würde ich gerne schließen. Nur für den Fall. Gib deine Nummer ein." Ich beiße meine Zähne fest zusammen. Doch wie automatisiert wandern meine Hände aus den Jackentaschen. Trotz der Kälte erinnere ich mich genau an meine eigene Nummer. Ein kleines Wunder. Verdammter Marienkäfer.

Tea in the City

„Du bist die einzige Person, die ich kenne, die uniro-
nisch an einem Samstag in einer Bar eine Tasse Tee
trinkt, verdammt." Ich presste meinen Teebeutel gegen
den silbernen Löffel, der etwas zu laut klimperte, als ich
ihn neben meiner Tasse ablegte. Mit einem müden Blick
sah ich auf. Mein Mundwinkel zuckte, aber ich wollte
mir die Mühe einer ausführlichen Antwort sparen.

„Wüsste nicht, was Teetrinken mit Ironie zu tun hat."
Sie lehnte sich mit einem wissenden Lächeln zurück.
Bevor sie antwortete, schwenkte sie ihre Bierflasche.
Ohne einen Schluck zu trinken, stellte sie ihr Getränk
auf der klebrigen Tischplatte ab.

„Du bist zu geizig für schlechtes Bier." Langsam
wanderten meine Augen von meiner Tasse zu dem Etikett ihrer Flasche. Sie hatte es an einer Ecke mit dem
Daumennagel eingerissen. Bei ihrer ersten Flasche fehl-
te das Etikett komplett. Ihr zweites Bier war für mich
bestimmt. Ich lehnte ab und bestellte einen Earl Grey
mit Zitrone. Die Scheibe zirkulierte träge in der Flüs-
sigkeit.

„Erstmal wach werden, oder?" Ihr Tonfall klang
zweideutig. Das war im Rahmen dieses Treffens durch-
aus angemessen. Jedoch hatte mich die Lust auf das
Date verlassen, als ich sie durch die Scheibe beobachtet
habe. Das war oberflächlich. Ich bin nicht für diese
Blinddates geschaffen. In der U-Bahn hatte ich mir zu
viele Horrorvisionen ausgemalt, wie dieses Treffen ab-
laufen könnte.

„Earl Grey beruhigt mich." Sie nickte und nippte von ihrem Bier. Dabei lehnte sie sich lässig auf ihrem Stuhl zurück. Die unruhige Bewegung ihrer Augen verriet mir jedoch etwas anderes.

„Mich beruhigt ein Schnaps. Magst du Tequila?" Ich legte meinen Kopf schief und sah sie für einige Sekunden durchdringend an.

„Nach einer halben Flasche Tequila hatte ich eine sehr interessante Nacht mit einer Hete. Sie war die Begleitung für ihren schwulen Freund auf dieser einen Party." Für einige Augenblicke starrte sie in die Ferne. Im schummrigen, rot-orangefarbenen Licht sah ich, wie ein Schatten über ihre Züge huschte. Vielleicht war das für sie nicht die angenehmste Erinnerung. Warum erzählte sie mir das?

„Wie lange bist du schon auf der App unterwegs? Viele Erfolge gehabt?" Da war sie wieder, diese Zweideutigkeit. Ich bekam eine Gänsehaut. Ob sie mir ansah, wie unangenehm mir diese Frage war?

„Du hast echt richtig coole Tattoos. Ich habe auch eines. Aber das zeige ich dir noch nicht. Später vielleicht." Mit einem Lächeln nippte sie an ihrem Bier und zwinkerte mir zu.

„Danke. Ich mag Kunst, deshalb hab ich sie." Mit einem anerkennenden Nicken sah sie wieder auf meine Arme.

„Dann bist du sicherlich auch in vielen Museen unterwegs?" Meine Lippen pressten sich aufeinander, während ich noch einmal meinen Tee umrührte.

„Ja, ich mag vor allem surrealistische Fotografien."
Sie hob ihre Augenbrauen. Vermutlich versuchte sie
sich etwas darunter vorzustellen. Oder sie hielt mich
für einen dieser verkappten Intellektuellen.

„Fotograf*innen haben immer etwas Perverses an
sich, finde ich." Sie trank ihr Bier aus. Mit einem auffäl-
ligen Geräusch stellte sie die Flasche wieder ab. Stirnrunzelnd betrachtete sie das eingerissene Etikett.

„Ich hatte mal was mit einer. Das ging drei Monate,
oder so. Die war ganz schön toxisch. Ließ nichts an-
brennen. Hat mich aber glauben lassen, dass ich ihre
Muse bin. So ein Scheiß." Ich nickte verständnisvoll.

„Musiker*innen sind genauso." Sie stimmte sich
selbst mit einem energischen Nicken zu. Dabei glitten
ihre Finger über die Getränkekarte. Bei den Longdrinks
verharrte ihre Hand. „Ich verstehe, was du meinst."
Meine Worte fühlten sich wie eine Lüge an. Sie hinter-
ließen einen bitteren Geschmack auf meiner Zunge, der
jedoch genauso gut von der Zitrone kommen konnte.

„Apropos Musik." Ich wollte das Thema endlich
wechseln. Verflossene Liebschaften waren kein guter
Einstieg in weitere Gespräche. Vor allem nicht, wenn
mein Date mit dem Hochprozentigen liebäugelte.

„Diese Jazzmusik macht mich ganz wahnsinnig.
Glaubst du, dass das Barpersonal was anderes spielen
kann?" Sie drehte sich auf ihrem Stuhl halb zur Bar
herum. Eine junge, eher weiblich gelesene Person mit
Dutt und Undercut wusch gerade die Gläser aus. Über
dem weißen Tanktop baumelten mindestens vier ver-
schiedene, silberne Ketten. Konzentriert wurde jedes

einzelne Glas auf Rückstände überprüft, ehe es zum Trocknen abgestellt wurde.

Kurzentschlossen stand ich vom Tisch auf und trat an den Tresen. Ich legte meine Hände vor mir ab und beugte mich über das polierte Holz. Die Person hinter der Bar sah zu mir auf.

„Hey, ich hätte eine Frage." Eine gepiercte Augenbraue zuckte. Ich schluckte den Frosch in meinem Hals herunter.

„Ich … ich …" Meine Augen wanderten über das Alkoholsortiment hinter ihr. Überfordert schlug ich einen anderen Weg ein.

„Ich hätte gerne ein Glas Leitungswasser mit einem Schuss Zitrone. Wäre das möglich?" Mit einem kurzen Lächeln begann die Barbedienung, meine Bestellung zu bearbeiten. Feigling, beschimpfte ich mich. Langsam nahm ich die Hände vom Tresen und ließ meinen Blick durch die Bar wandern. Oberflächlich betrachtet war die Stimmung recht ausgelassen. Die Leute waren in Gespräche vertieft. Eine Person hämmerte wild auf der Tastatur ihres Laptops herum, während ihr eine andere etwas diktierte. An einem Tisch küsste sich ein Pärchen. Ein ganz durchschnittlicher Samstagsabend in einer Bar. Schließlich blieb ich bei zwei großen Augen unter dunklen, akkurat gezupften Augenbrauen hängen. Starrte mich die Person an oder durch mich hindurch? Es war schwer einzuschätzen. Die Person war jung, hatte helles, kurzes Haar, das im Licht einer blauen Lampe schimmerte. Doch unser Blickkontakt brach ab, als mein Glas vor mir abgestellt wurde.

„Das Wasser geht aufs Haus." Lächelnd zwinkerte mir die Barbedienung zu. Mit einem schmalen Lächeln drehte ich mich um und sah wieder zu der Person am anderen Ende des Tresens. Sie sah mich immer noch an. Doch nun hatte sich auch ihre Begleitung, eine Person mit kurzen, braunen Haaren und vereinzelten Tattoos auf Schulter und Oberarmen, zu mir herumgedreht. Mir schoss das Blut in den Kopf. Der Blick der Person mit den Tattoos fiel wieder auf die Hellhaarige zurück, ehe sie in meine Richtung nickte. Ich blieb wie angewurzelt stehen. Mein Date hatte ich total vergessen.

Für ein paar Sekunden wartete ich, ob die Person aufstehen und zu mir kommen würde. Das geschah natürlich nicht. Langsam musste ich auch wieder zurück an meinen Tisch.

„Das hat ja ganz schön gedauert." Der anklagende Unterton in ihrer Stimme ließ mich kalt. Meine Aufmerksamkeit wanderte immer wieder zu der unbekannten Person mit den hellen Haaren, die ihre Begleitung nun als Sichtschutz nutzte, um mich weiter zu beobachten. Als mein Date sich auf die Toilette begab, lehnte ich mich seufzend zurück.

Die Person mit den braunen Haaren hatte sich wieder zu mir herumgedreht. Sie wirkte leicht genervt und deutete mit ihrem Daumen über ihre Schulter in meine Richtung. Mir schoss das Blut in die Wangen. Auch die Person mit den hellen Haaren wirkte verunsichert. Sie hob die Arme zu einer abwehrenden Geste, aber ihre Begleitung schien nicht locker zu lassen. Sie musste aufstehen und zu mir herüberkommen. Ihre Schritte wirkten alles andere als selbstbewusst.

Als sie direkt vor meinem Tisch anhielt, hob sie die Hand zu einem Räuspern. Ich starrte sie einfach nur an.

„Hi. Ich …" Sie stockte, sammelte sich und musste sich wieder räuspern.

„Du kommst mir bekannt vor. Ich weiß aber nicht woher, deshalb ..." Ich legte den Kopf schief. In meinem Hirn liefen die Gedanken zu grauer Pampe zusammen.

„Die Seife riecht irgendwie voll komisch." Mein Date kam zurück. Mit einem skeptischen Blick sah sie von ihren Händen auf in unsere betretenen Gesichter. Angespannt straffte ich meine Schultern. Die Miene meines Dates verfinsterte sich.

„Ah, und wer bist du?" Streng musterte sie die Person mit den hellen Haaren, die am liebsten im Boden versunken wäre. Ich wäre ihr umgehend gefolgt.

„Ich habe mich wohl geirrt. Sorry, ich … schönen Abend noch!" Sie machte auf dem Absatz kehrt und verschwand wieder zu ihrem Platz. Mein Date ließ sich mit vor der Brust verschränkten Armen auf den Stuhl fallen.

„Echt unmöglich." Sie brummte noch etwas Unverständliches in ihr Getränk, ehe sie weiter redete, als sei nichts passiert. Meine Augen wanderten immer wieder zu der unbekannten Person zurück. Ich konnte nicht leugnen, dass sie mein Interesse geweckt hatte.

Nach zwei weiteren Getränken war der Abend schließlich für uns vorbei. Mit dem Versprechen, mich bei ihr zu melden, verabschiedete ich mich von meinem

Date. Die Umarmung war ein seltsames Gerangel zwischen einer freundschaftlichen Geste und dem Versuch, mich zu küssen. Ich ignorierte es.

Seufzend stieg ich in die U-Bahn und fuhr zurück zu meiner Wohnung. Unterwegs scrollte ich durch die Posts meiner Freund*innen. Plötzlich sah ich ein Bild, das vor wenigen Minuten aufgenommen wurde. Darauf waren die Person mit den hellen Haaren und ihre Begleitung zu sehen. Sie stießen mit einer dritten Person an, die ich kannte. Wie versteinert sah ich das Bild an. Sie wirkten fröhlich. In der Beschreibung stand jedoch kein Anhaltspunkt, wer die Menschen waren. Also tippte ich nur enttäuscht auf das Bild, um es zu liken.

Mein Doppelklick auf das Foto ging etwas daneben und plötzlich tauchten die Verlinkungen der Profile auf. Übermütig stieß ich einen triumphierenden Laut aus, den kein Mensch um mich herum beachtete. Alle waren mit sich beschäftigt. Ich hingegen ging sofort auf das Profil und sah mir die Bilder an. Scheinbar bewegten wir uns in den gleichen Kreisen, ohne es zu wissen.

„Why not." Ich öffnete den Chat und schrieb ihr eine Nachricht.

Hey, hier ist die unangenehme Situation aus der Bar heute Abend. Ich glaube, wir kennen uns.

Nachdem ich die Nachricht verschickt hatte, erschienen drei Punkte.

Vertigo

Der Geruch vom frischen Popcorn weckte in mir Erinnerungen an meine Kindheit, die ich nicht als glücklich bezeichnen würde. Ich weiß noch, wie meine Eltern mich in ein Kino gesteckt haben, um in einem nahegelegenen Restaurant über ihre sinnlose Ehe zu streiten. Natürlich wusste ich von ihren Problemen. Ihr halbherziger Versuch, mich aus diesen herauszuhalten, war lächerlich.

Meine Schritte klangen dumpf auf dem Teppich im Foyer. Dem Muster nach zu urteilen, wurde schon seit den Achtzigern der Dreck an ihm abgerieben. Mittlerweile war er braun, abgetreten und seine ausgeblichene Musterung löste in mir Unbehagen aus. Also versuchte ich nicht nervös nach unten zu sehen, als ich zwei Karten für die Vorstellung um acht Uhr kaufte.

Den Jungen an der Kasse kannte ich aus der Schule. Er musste eine Klasse unter mir sein, aber er schien mich nicht zu erkennen. Oder er verdrängte die Tatsache, dass wir die gleiche Schule besuchten. Es war mir leider nicht ganz egal, dass er mich nicht zuordnen konnte. Aber ich sagte nichts, schob das Geld für die Karten über den Tresen und nahm still das Wechselgeld entgegen.

Da die Vorstellung erst in zwanzig Minuten beginnen würde, setzte ich mich auf eines der roten Sofas im Foyer. Dahinter hing das Plakat eines Slasher-Filmklassikers aus den Neunzigern. Ein dünner, kalter Schweißfilm bildete sich auf meinen Handinnenflächen.

Um diesen unbemerkt zu trocknen, versteckte ich meine Hände in den Ärmeln meines Kapuzenpullovers.

Meine Aufregung konnte ich jedoch kaum verbergen. Glücklicherweise waren kaum Menschen anwesend.

Es gingen nicht mehr viele in die Kinos, was schade, aber auch verständlich war. Auf mein Date übten diese alten Lichtspielhäuser hingegen eine starke Faszination aus. Obwohl sie gerade einmal achtzehn war, so wie ich, hatte sie fast jeden relevanten Film der Geschichte gesehen. Ich konnte ihr stundenlang zuhören, wenn sie über alle möglichen Hintergrundfakten sprach.

Mein Blick wanderte alle paar Sekunden von meinen Schuhen über die Einrichtung des Foyers zum Eingangsbereich des Kinos. Mein Herz klopfte laut in meiner Brust. Sicherlich würde sie ihr kleines Notizbuch dabei haben, in dem sie ihre Eindrücke penibel festhielt.

Ich zog mein Handy aus der Hosentasche und entsperrte die Tasten. Eine Nachricht meiner Mutter erschien auf dem Display. Sie wünschte mir viel Spaß, obwohl sie es nicht verstehen konnte, warum ich mir wieder einen Horrorfilm ansehen musste mit diesem Mädchen.

Es missfiel ihr, dass ich so viel Zeit mit ihr verbrachte. Dass mich Mädchen allgemein mehr interessierten als Jungs, ignorierte sie bewusst.

Der Vorspann würde in wenigen Augenblicken beginnen. Sie verspätete sich hoffentlich nur und versetzte mich nicht. Unsicher tippte ich die Nachricht ins Handy, dass ich ihre Karte an der Kasse hinterlegen und mir schon einen Platz suchen würde. Zögernd verharrte mein Daumen über dem Sendeknopf. Dann ließ ich ihn sinken. Die Nachricht ging sofort durch.

Der Kinosaal füllte sich kaum an diesem Abend. Vereinzelt saßen kuschelnde Pärchen auf den Sitzen. Wie sehr ich es mir wünschte, meinen eigenen Arm um sie legen zu können, wenn sie nur endlich auftauchen würde. Aber ich wusste nicht, ob das eine gute Idee war. Vor allem, nachdem eine laute Gruppe Typen den Saal betreten hatte. In ihren Rucksäcken klirrten Bierflaschen. Niemand hatte sich die Mühe gemacht, ihnen die Getränke am Eingang abzunehmen.

Vorsichtig drehte ich mich in die Richtung der jungen Männer, die seltsame Laute von sich gaben. Der ganze Saal drehte sich schließlich genervt zu ihnen herum. Keiner sagte etwas. Niemand wollte eine Eskalation riskieren.

Mit einem lauten Knall öffnete einer der Typen seine Bierflasche. Es schäumte sehr stark und er tropfte den ganzen Boden voll. Der stinkende Biergeruch brauchte nicht lange, um meine Nase zu erreichen. Angewidert verkroch ich mich tiefer in meinem Pullover. Bis mir einfiel, dass mein Date mich so zusammengesunken auf meinem Platz gar nicht finden konnte. Ich reckte mich kurz nach oben, um die Saaltür zu sehen. Plötzlich traf mich Popcorn am Kopf, gefolgt von lautem Gelächter. Schockiert drehte ich mich in die Richtung des Lachens. Die Typen hatten mich entdeckt. In diesem Moment erkannte ich auch, dass es die Jungs aus meiner Parallelklasse waren, die mich seit Jahren drangsalierten. Das Schicksal meinte es nicht gut mit mir. Doch das

Licht wurde endlich gelöscht und der erste Werbeclip dröhnte uns in einer ohrenbetäubenden Lautstärke entgegen.

Da die Typen sich wieder ihrem Bier und der Leinwand widmeten, konnte ich mich erneut in meinem Sitz nach oben drücken, um den Eingang des Saals besser sehen zu können. Sie war nicht da. Enttäuscht ließ ich mich noch tiefer in den Sitz sinken. Ob ein Kino irgendwann ein angenehmer Ort für mich sein wird?

Die Werbung schien kein Ende zu nehmen. Gähnend kuschelte ich mich in meinen Sitz und kämpfte gegen den Drang, meine Augen zu schließen. Nur holte mich ein Tritt gegen meinen Sitz aus meinem Dämmerzustand zurück. Hinter mir bewegten sich Menschen durch die Reihen, die kichernd zum Ausgang des Kinosaals flüchteten. Offensichtlich wollte sich ein Pärchen die Zeit bis zum Film anders vertreiben. Seufzend sah ich auf das Display meines Handys.

Endlich sah ich eine Benachrichtigung von ihr. In der Nachrichtenvorschau konnte ich nur erkennen, dass sie mir ein Foto geschickt hatte. Das war nichts Ungewöhnliches, aber ich wunderte mich, warum sie mir nicht einfach mitteilte, dass sie zu spät kam. Vielleicht versteckte sie sich im Kinosaal und hat ein heimliches Bild von mir gemacht. In der Schule tat sie das oft, wenn sie vor mir in der Cafeteria war. Ich fand es albern und auch ein bisschen süß.

Mit einem Lächeln tippte ich auf die Nachricht und öffnete das Bild. Das Foto war dunkel. Jemand musste es im Inneren des Kinos aufgenommen haben. Ich öffnete ein Bearbeitungsprogramm und erhöhte die Helligkeit. Was sich mir zeigte, traf mich unerwartet. Deutlich war zu erkennen, dass ein schwarzes Notizbuch und ein Messer voller Blut fotografiert worden waren.

Schockiert sprang ich von meinem Sitzplatz auf, aber ließ mich sofort wieder fallen. Aus dem Augenwinkel heraus hatte ich bemerkt, wie sich einer der Proleten aus meiner Parallelklasse unter Gelächter erhob. Er quetschte sich an seinen Freunden vorbei und drückte einem seinen Hintern ins Gesicht. Dieser schrie auf und schubste seinen Kumpel, der sich vor Lachen kaum noch halten konnte, in den Gang. Wütende Beschimpfungen folgten, während der Typ feixend auf den Saalausgang zulief.

Auch wenn dieser Kerl ein riesiger Idiot zu sein schien, wollte ich ihn bei seiner Rückkehr vor dem Saaleingang abfangen. Denn es schien sich eine Person im Kino aufzuhalten, die meiner Freundin etwas angetan hatte. Während ich vor der Tür auf die Rückkehr des Jungen wartete, fing der Film an. Für einen Toilettengang hatte er sich sehr viel Zeit gelassen. Getränke oder Snacks hatte er sicherlich nicht gekauft. Mein Herzschlag dröhnte in meinen Ohren. Ich zog mein Handy aus der Hosentasche und öffnete die letzte Nachricht erneut. Als ich das Foto ansehen wollte, musste ich feststellen, dass ich es nur einmal aufrufen konnte. Verzweifelt griff ich mir in die Haare. Ich konnte kaum noch meine Tränen zurückhalten. Wie sollte ich ihn jetzt überzeugen, dass wir in Gefahr waren?

In meiner Panik setzte ich mich langsam in Bewegung. Automatisch ging ich auf die Toiletten zu. Wenige Schritte davor blieb ich stehen. Ob ich einfach eintreten oder hier warten sollte? Mir wurde schlecht.

Das Warten wurde unerträglich, also holte ich tief Luft und trat durch die Tür der Herrentoilette. Dahinter eröffnete sich mir das Tor zur Hölle. Mein Handy fiel aus meiner zitternden Hand in eine riesige Blutlache. Angespannt versuchte ich nicht zu schreien und presste meinen Kiefer zusammen. Die Tränen, die sich in meinen Augen gesammelt hatten, liefen mir über die Wangen, während ich den abgetrennten Kopf meines Mitschülers im Pissoir liegen sah. Seine weit aufgerissenen Augen starrten in meine Richtung. Sein restlicher Körper lag zu meinen Füßen. Ich konnte nicht mehr gegen die Übelkeit ankämpfen und übergab mich.

Wie konnte ich mich in Sicherheit bringen und die Polizei verständigen? Durch die offenstehende Toilettentür erspähte ich ein gekipptes Fenster. Das wäre meine Chance.

Mehr stolpernd als gehend landete ich auf der anderen Seite der Kabinentür. Sofort bereute ich es. Das Pärchen, das sich während der Werbung aus dem Saal geschlichen hatte, lag tot vor mir. Sie wurden beim Sex ermordet. Der Mann saß breitbeinig auf dem geschlossenen Toilettendeckel und seine Arme hingen leblos herab. Jegliche Spannung war aus seinem Körper gewichen. Seine Kehle war durchtrennt. Die Frau hatte Stichwunden im Rücken. Ihr Körper war auf die Seite gesackt und lehnte noch halb an der Kabinenwand. Der

Anblick des Pärchens war grotesk. Ich musste mich davon mit aller Macht losreißen und durch das Fenster klettern. Doch von hieraus konnte ich die Gitter vor der Scheibe erkennen. Verzweifelt raufte ich mir die Haare, doch ich musste schnell einen anderen Ausweg finden.

Gehetzt betrat ich den Flur. Es kostete mich meine ganze Kraft, nicht ein weiteres Mal in die Augen des abgetrennten Kopfes zu sehen. Das war einfach abscheulich.

Als ich die Saaltür erreichte, hörte ich auf der anderen Seite einen ohrenbetäubenden Lärm. Ich stieß die Tür auf und absolutes Chaos erwartete mich dahinter. Das Licht flackerte wie durch ein Stroboskop. Die anderen Kinobesucher hielten sich die Ohren zu und stolperten orientierungslos übereinander. Alle schrien. Um mich nicht weiter dieser Reizüberflutung auszusetzen, eilte ich rückwärts aus dem Saal. Nun konnte ich nur noch ins Foyer rennen und hoffen, dass ich dort niemandem in die Falle lief.

Erneut drehte sich mein Magen um, aber ich schluckte das Erbrochene dieses Mal herunter. Ich durfte mich nicht gehen lassen. Das wäre mein Todesurteil.

Im Foyer angekommen, musste ich mich erst einmal am Tresen der Snackausgabe festhalten. Ich atmete tief durch und spuckte einen Schleimklumpen auf eine abgegriffene Angebotskarte, die neben der Popcornmaschine klebte. Schüttelnd vor Ekel stieß ich mich vom Tresen ab und wankte mit weichen Knien zur Ticketkasse. Auf dem Weg dahin blieb ich stehen. Mein Gehirn brauchte einige Augenblicke, um zu realisieren, was ich da vor mir sah. Der Junge, der hinter der Kasse saß, stand aufrecht. Sein leerer Blick verriet mir, dass er nicht mehr alleine stehen konnte. Er hing an seinen eigenen Eingeweiden am Kassenschild, das von der Decke baumelte.

Meine Beine konnten mich nicht mehr tragen. Jeder Halt brach unter mir weg. Der alte, hässliche Teppich, der sich unter meinen Händen wie Draht anfühlte, fing meinen Sturz auf. Das war mein Ende. Alles drohte, schwarz zu werden. Ich wollte nicht nachgeben, aber es kostete mich all meine Kraft. Verhöhnte mich mein eigenes Leben oder musste sich der Kreis meiner Traumata hier schließen. Wie würden meine Eltern regieren, wenn sie erfahren, wie und wo ihre Tochter gestorben war.

Rauchgeruch riss mich aus meinen Gedanken. Blitzschnell drehte ich mich herum. Einige Meter von mir entfernt brannte ein Feuer. Ich konnte nicht genau erkennen, was in Flammen stand. Aber hinter der aufsteigenden Rauchsäule sah ich einen weiteren leblosen und vollkommen nackten Körper hängen. In einer Hand hielt der Mensch ein Messer. Er hatte es selbst beendet.

Heulend fing der Feueralarm an zu läuten und die Sprinkleranlage löschte gemächlich den Brand. Während dies geschah, konnte ich erkennen, dass vor dem Stuhl des Mörders, mit dem er sich in seine Henkersschlaufe gehievt hatte, eine weitere Person lag. Da war sie! Ich hatte sie endlich gefunden! Hoffentlich war es noch nicht zu spät.

Zwei Wochen waren vergangen und ich habe sie jeden Tag im Krankenhaus besucht. Wir hatten Glück. Zwar war sie schwer verletzt, aber sie konnte durch eine Notoperation gerettet werden. Als sie aus dem künstlichen Koma aufwachte, war ich unendlich erleichtert.

Bei einem meiner Besuche brachte ich ihr das kleine Notizbuch mit. Sie begann, über die Ereignisse der Nacht zu schreiben. Es las sich wie ein schlechter Horrorfilm. Die Gruppe von pöbelnden Jungs, das Pärchen auf der Toilette oder der unmotivierte Kassierer waren richtige Klischees. Natürlich würde jeder denken, dass der psychisch kranke Besitzer des Kinos irgendwann durchdrehen würde. Sie fanden Koks in seinem Büro und eine Mischung aus verschiedenen Drogen in seinen Adern. Die Autopsie wurde mit dem Vermerk „Suizid" abgeschlossen. Wir redeten über alle Details der Morde. Es war alles ein wenig zu perfekt durchdacht. Und sie konnte sich, trotz ihrer Verspätung, zu gut an alles erinnern. Nur sollte ich nie erfahren, was der eigentliche Grund war.

„Ich liebe dich", murmelte sie, als ich ihre Stirn küsste und ihre Hand noch einmal zärtlich drückte, bevor ich sie verließ. Vielleicht hatte sie es für mich getan. Als schließlich der finale Vorhang fiel, weinte ich, während ich der Polizistin auf dem Gang zunickte, bevor sie den Raum nach mir betrat.

Orangenschalen: Rana

Wer hatte die Idee, ein einwöchiges Weiterbildungs-seminar irgendwo in die Provinz zu verlegen? Seuf-zend, aber erleichtert, betrat ich das altmodische Hotel-zimmer, in dem ich untergebracht war. An den Geruch der urigen Holzmöbel und gestärkten Bettlaken hatte ich mich die letzten zwei Nächte kaum gewöhnen kön-nen. Gedankenversunken öffnete ich die Klammer mei-ner Haare, schüttelte meine Locken aus und öffnete das Fenster. Der Frühling wehte eine frische Brise in die kleine, unpersönliche Kammer. Es war frisch, aber an-genehm. Auch im Untergeschoss mussten die Fenster geöffnet worden sein, da ich ein reges Stimmengewirr hören konnte.

Die anderen Seminarteilnehmenden saßen, wie die Nächte zuvor, in dem großen Gemeinschaftsraum und hatten auch nach einem vollen Tag immer noch die Energie, Zeit miteinander zu verbringen. Das traf auf mein völliges Unverständnis. Für mich war der Mo-ment gekommen, die Tür hinter mir zu schließen und endlich Ruhe zu haben. Genervt schloss ich das Fenster wieder. Das war es dann wohl, mit der frischen Luft.

Gähnend drehte ich mich zurück ins Zimmer. Auf dem gemachten Bett lag mein fein säuberlich gefalteter Bademantel. Mit einem Lächeln streckte ich meine Hand aus. Als meine Finger über den Stoff glitten, wurde ich wehmütig. Der Bademantel gehörte Mex. Doch bevor Mex einen Verdacht schöpfen konnte, war der Mantel schon in meinen Koffer gewandert. Das

Fehlen wurde erst einen Abend nach meiner Abreise bemerkt. Vielleicht hatte ich dadurch bewusst einen Anruf provoziert, der durch die Spätschicht, in der dey arbeiten musste, kaum länger als drei Minuten dauerte. Adeebas aufgebrachte Stimme im Hintergrund war ein guter Indikator für den Stress, in dem sich Mex befunden haben musste. Ein munteres Lachen konnte das gut überspielen.

Es ist nur eine Woche, rief ich mir ins Gedächtnis. Doch ich war mir nicht sicher, ob es weniger die Zeit als die Entfernung war, die mir einen Stich versetzte. Wenn Mex und ich einmal für mehrere Tage keine Zeit für einander hatten, waren wir dennoch greifbarer. Dann blieb immer noch ein gestohlener Kuss über der Theke zwischen zwei Cocktailbestellungen.

Müde rieb ich mir ein Auge. Mit dem anderen prüfte ich meine Nachrichten auf dem aufleuchtenden Handydisplay in meiner Hand. Lächelnd las ich Mex' Namen, der unter einigen Arbeitskontakten und einem Bild, das Febin von einem lustigen Sticker auf der Toilette des Black Orange gemacht hat, auftauchte. Zu meiner Ernüchterung war die Nachricht nur ein Link zu einer Playlist. Doch als ich sie öffnete, wurde ich stutzig.

„Öffne die Schachtel?" Der angezeigte Titel der Liste klang seltsam. Als ich die Titel der Playlist schließlich überflog, wunderte ich mich nur noch mehr. Es waren Songs, die Mex gerne im Hintergrund laufen ließ, wenn wir miteinander schliefen. Was für eine Schachtel war gemeint? Manchmal konnte sich Mex wirklich kryptisch ausdrücken.

Mein Handy landete mit einem dumpfen Geräusch auf der Bettdecke. Ich brauchte dringend eine Dusche. Der ganze Tag war anstrengend gewesen. Auf dem Weg in das winzige Badezimmer, das nur mit einem kleinen Waschbecken, einer Toilette und einer etwas verkalkt wirkenden Duschkabine ausgestattet war, zog ich mir mein Oberteil über den Kopf. Achtlos warf ich es auf den Boden. Der Rest meiner Klamotten folgte und ich stellte die Dusche ein. Ein angenehm warmer Wasserstrahl traf auf meine Haut. Ich durfte mich nicht dazu hinreißen lassen, eine halbe Ewigkeit hier zu verbringen. Aber die Verlockung war groß.

Die kühle Luft traf mich etwas unvorbereitet, als ich aus der Kabine in das vom Wasserdampf vernebelte Bad zurücktrat. Schnell griff ich nach meinem Handtuch. Sofort begann ich mit meiner Abendroutine. Ich freute mich auf mein Bett und einen entspannten Abend mit dem Buch, das ich mir vor meiner Fahrt von Mex geliehen hatte.

„Moment." Ich spülte meinen Mund aus und steckte meine Zahnbürste zurück in das Glas auf dem Waschbecken. Mex hatte mir ein Buch und ein kleines Geschenk mitgegeben, das ich fast vergessen hatte. Das Seminar über neue Bearbeitungstechniken im Goldschmiedehandwerk nahm eindeutig zu viel Platz in meinem Kopf ein.

Ich zog mir den Bademantel über, ohne meinen Pyjama anzuziehen, und lief rasch zu meinem Koffer. Aus meinen Klamotten kramte ich eine kleine schwarze Schachtel mit einer lila Schleife hervor. Mex hatte mich instruiert, sie erst zu öffnen, wenn dey mir Bescheid gibt.

„Du Kindskopf." Mit einem Lächeln zog ich an der Schleife und legte sie neben mich, bevor ich neugierig die Schachtel öffnete. Darin lag ein Briefumschlag neben einem kleinen Gegenstand, der sich in einem schwarzen Samtbeutel befand. Bevor ich dem Beutel meine Aufmerksamkeit schenkte, öffnete ich den Umschlag und zog den Brief heraus.

„Falls du etwas Zeit für dich brauchst." Das war alles, was auf dem Zettel stand. Stutzig öffnete ich schließlich den Beutel. Heraus fiel ein kleiner, handlicher Vibrator. Überrascht musste ich lachen.

„Wie aufmerksam." Mit einem breiten Grinsen griff ich nach meinem Handy. Der Chat mit Mex war immer noch geöffnet. Obwohl der Drang groß war, einfach anzurufen, tippte ich eine kurze Antwort. Während ich auf eine Reaktion wartete, sah ich sehnsüchtig auf meinen Sperrbildschirm. Er zeigte ein Bild, das ich an einem verschlafenen Sonntagmorgen von uns im Bett gemacht hatte. Da wurde mir eine neue Nachricht angezeigt.

„Mach dir einen schönen Abend!" Der zwinkernde Smiley gab den Worten von Mex einen eindeutigen Unterton. Schmunzelnd legte ich mein Handy auf den Nachttisch neben dem Bett. Der weiche Stoff des Bademantels fühlte sich mit einem Mal sehr präsent auf meiner Haut an. Eine leichte Gänsehaut legte sich auf meine Arme. Das war genau die Art von Entspannung, die ich brauchte. Es wurde Zeit, dass ich mir meine Kopfhörer aufsetzte, die Playlist einschaltete und es mir auf meinem Bett bequem machte.

Der Vibrator fühlte sich bereits in meiner Hand vielversprechend an. Doch bevor ich ihn einschaltete, ließ ich meine Hand langsam über meinen Oberkörper gleiten. Mex liebte es, die Linien meiner Tattoos mit den Fingerspitzen nachzufahren. Ich schloss meine Augen und stellte mir vor, wie sich Lippen langsam von meinem Bauch bis zu meinem Venushügel hinab arbeiteten. Dort verharrte ich einen Augenblick, ehe sich meine Finger zwischen meine warmen Vulvalippen schoben.

„Fuck." Ich war feucht und der empfindliche Bereich meiner Vulva schwoll an. Wärme wurde zu Hitze, während ich mit meinem Mittelfinger kleine Kreise auf meiner Klitoris zog. Die Berührung erinnerte mich an die Art, wie Mex mich am liebsten leckte. Erst waren es langsame, fast schon schüchterne Bewegungen, deren Intensität gleichmäßig zunahm.

Meine Gedanken waren schwer greifbar. Immer wieder tauchten Erinnerungen an die letzte gemeinsame Nacht auf. Der Song, der in diesem Moment gespielt wurde, kam mir bekannt vor, aber ich konnte ihn nicht einordnen. Die tiefe, klangvolle Stimme der Person, die sang, wirkte beruhigend. Den Text nahm ich nur halb wahr, da allein die Atmosphäre des Songs mich immer weiter entspannen ließ. Ich öffnete meine Beine leicht, damit meine Finger genug Platz hatten, um behutsam von meiner Klitoris, durch meine Vulvalippen, bis zum Eingang meiner Vagina zu gleiten. Während ich nach und nach meine Mittel- und Ringfinger vorsichtig in mich schob, griff meine freie Hand an meine linke Brust. Sanft streichelte ich die immer empfindlicher werdende Partie um meine Brustwarze.

Eine Weile genoss ich das Gefühl meiner eigenen Hände auf und in meinem Körper. Dabei stellte ich mir vor, was Mex wohl bei meinem Anblick empfinden würde. Bestimmt dachte dey in diesem Moment an mich und schnitt sich hoffentlich bei der Arbeit in der Küche nicht in den Finger. Ich musste fast ein wenig lachen bei dieser Vorstellung. Doch schnell war ich wieder bei mir und dem angenehmen Ziehen zwischen meinen Beinen, als ich meine Hand kurz vor meinem Orgasmus von meiner Vulva nahm.

Ich atmete tief durch und hörte nur auf die Stimme einer mir bekannten Sängerin, die eines ihrer verträumten Lieder in meine Ohren hauchte. Es wurde kalt, an der Stelle, an der vorher noch meine Hand lag. Aber ich musste noch warten, bis sich das Beben wieder gelegt hatte. Erst dann wurde es Zeit, den Vibrator auszuprobieren.

Das kleine Gerät hatte einen Knopf und vibrierte zart in meiner Hand, als ich es einschaltete. Er war wirklich nur für einen ganz einfachen Zweck konzipiert, aber das war ausreichend.

Wieder schloss ich meine Augen, ließ mich tiefer in mein Kissen sinken und rief mir erneut die letzte Nacht mit Mex in Erinnerung. Wie wir in unseren Armen lagen, mit meinem Kopf auf deren Brust. Der Herzschlag und jeder Atemzug waren gleichmäßig. In diesem Moment empfand ich so viel Frieden, dass ich zärtlich einige Küsse auf Mex' Hals verteilte. Liebevoll nahm dey mich etwas fester in den Arm, bevor sich unsere Lippen zu einem Kuss trafen, der rasch intensiver wurde.

Ein leises Stöhnen entfuhr mir, als der Vibrator in Wellen meine Lust steigerte. Ich hielt es kaum aus, still zu sein. Die Bewegungen meines Körpers verselbstständigten sich. Mein Rücken drückte sich durch und ein leichtes Zittern ergriff meine Beine. Gleichmäßig strömte ich mit der Musik in meinen Ohren auf meinen Orgasmus zu. Die Vibration nahm mich ganz ein. Ich bebte und schließlich gab mein Körper sich ganz hin. Keuchend kam ich zum Höhepunkt. Kleine Sterne explodierten vor meinen geschlossenen Augen. Dann legte sich alles sanft.

Zufrieden streckte ich mich auf dem Bett aus. Eine Weile hörte ich noch der Musik zu, bis ich einzudösen drohte. Ich schaltete die Kopfhörer aus und legte sie neben mich. Schließlich griff ich nach meinem Handy.

„Das habe ich." Mex war sofort online, nachdem ich die Nachricht verschickt hatte. Offenbar hatte dey auf meine Antwort gewartet. Die drei Punkte sprangen fast schon aufgeregt über den Bildschirm, während Mex tippte.

„Dann schlaf schön und übermorgen kannst du mir dann ausführlich von deinen Eindrücken berichten." Als die Nachricht abgeschickt wurde, erschienen gleich wieder die drei Punkte.

„Natürlich meine ich auch dein Seminar." Ich lachte leise, bevor ich Mex noch eine gute Nacht wünschte. Das Handy steckte ich wieder an das Ladekabel, dann streifte ich mir fix meinen Schlafanzug über und kroch unter die Decke. Müde sank mein Kopf in das Kissen. Die Seminarwoche war doch erträglicher, als ich anfangs dachte.

Schwarzgrau/Pastellweiß

Nähe meine Kleidung
Flicken über Löcher
Kaffeeatem und Zigarettenrauch
Schwarz und Grau
Weiß und Pastell
Blumen aus Beton
Wiesen aus Teer
Deine Hände auf meiner Haut
Sanft und rau
Nähe uns zusammen
Deine Flicken auf meinen Rissen
Schwarz-grau und pastell-weiß
Zart und sanft küsst rau und hart
Du nähst meine Kleidung
Ich gieße Blumen aus Beton

Manege frei!

Der Clown tanzt für dich
Willst du ihn nicht sehen?
Dann geht er auf seinen Händen
Eine Träne auf deiner Wange
Er lacht

Sieh nicht hinauf
Die Seiltänzerin ist eitel
Sie fällt unter deinem Blick
Eine Träne auf deiner Wange.
Sie weint

Den Eintritt hast du nicht bezahlt
Verhungern werden sie
Ihn kümmert es nicht, sie bleibt stehen
Eine Dompteurin
Die Peitsche knallt
Lachen, Weinen
Eine Träne auf deiner Wange
Der Applaus bleibt still

Blut und Staub

Aus den Kellern nie ans Licht geholt
Nadeln stechen in unsere Haut
Kennzeichen unserer Andersartigkeit
Betäubung, Betäubung, Betäubung

Es kann nicht oft genug betont werden
Wir Trauern und können ein Stück hoffen
Blut und Staub auf unseren Wangen
Trockene Tränen verlassen Träume ungeweint

Kinder schmecken Glas, spucken Trümmer, atmen
Rauch
Das Zerbrechen der Zerbrochenen
Bitter-süße Gedanken kleben auf der Haut
Wie Blut und Staub

Welkes Blühen

Bevor sie welkt
Schlage sie in Zeitung ein
Presse sie in deinen Büchern
Deine Worte zwingen mich zu lieben

Bevor sie bricht
Klebe sie in einen Rahmen
Das Bild von uns und ein Gedicht
Meine Zeilen fließen durch Glas in dein Leben

Bevor sie vergeht
Stelle sie hinein ins Licht
Ein Früher wird zur Vergangenheit
Das mit dir endlich im Schatten verschwindet

Bevor ich geh'
Bevor du brichst
Bevor es welkt
Schlagen wir es in Zeitung ein
Presse es zwischen unsere Bücher
Die Worte, die uns zueinander führten,
Kleben wir hinter Glas

Danksagung

Mein Dank gilt allen, die meine Geschichten lesen, ihre Zeit mit mir teilen, viele meiner Launen ertragen und mir bei meinen Träumen zur Seite stehen. Aus tiefstem Herzen: Danke!

Jules Romeo wurde Anfang der 90er Jahre mitten im Thüringer Wald geboren und wuchs im gar nicht so unbekannten Gotha auf.
Nach der Schule und einem vierjährigen Umweg über Halle, zog Jules schließlich nach Leipzig, beendete das Geschichtsstudium und verzaubert heute nicht nur mit Geschichten, sondern auch als Teilzeit-Hexe die Menschen.